LE SOLEIL SOUS LA TERRE

DU MÊME AUTEUR
CHEZ LE MÊME ÉDITEUR

N° 1 : LA HACHE DE BRONZE
N° 2 : LE GUERRIER DE JADE
N° 3 : LES AMAZONES DE THARN
N° 4 : LES ESCLAVES DE SARMA
N° 5 : LE LIBÉRATEUR DE JEDD
N° 6 : LE MAUSOLÉE MALÉFIQUE
N° 7 : LA PERLE DE PATMOS
N° 8 : LES SAVANTS DE SELENA
N° 9 : LA PRÊTRESSE DES SERPENTS
N° 10 : LE MAÎTRE DES GLACES
N° 11 : LA PRINCESSE DE ZUNGA
N° 12 : LE DESTRIER DORÉ
N° 13 : LES TEMPLES D'AYOCAN
N° 14 : LES RÊVEURS DE XURA
N° 15 : LA TOUR DES DEUX SAGESSES
N° 16 : LES MERS DE CRISTAL
N° 17 : LES CHASSERESSES DE BREGA
N° 18 : L'ÉCHIQUIER VIVANT DU HONGSHU
N° 19 : LES RAVAGEURS DE THARN
N° 20 : LES BARBARES DE SCADOR
N° 21 : LES CONSACRÉS DE KANO
N° 22 : L'EAU DORMEUSE DE DRAAD
N° 23 : LES CINQ ROYAUMES DE SARAM
N° 24 : LES DRAGONS D'ANGLOR
N° 25 : LA TRIBU ROUGE DES KARGOIS
N° 26 : LES ANDROÏDES DE MAK'LOH
N° 27 : LA COURTISANE DE DAHAURA
N° 28 : LE MAGICIEN DE RENTORO
N° 29 : LE TYRAN DE TARGA
N° 30 : LE MALÉFICE DE NGAA
N° 31 : LES GLADIATEURS DE HAPANU
N° 32 : LES RÉVOLTÉS DE MYTHOR
N° 33 : LA FORÊT CARNIVORE DE JAGHD
N° 34 : LES DESCENDANTS DES MAÎTRES DU CIEL
N° 35 : LES SEPT DUCHÉS DU FLEUVE CRAMOISI
N° 36 : LA VENGEANCE DU MAÎTRE DU CIEL
N° 37 : LA CAVERNE DE L'IDOLE
N° 38 : LES AÉRIENS DE K'TAR
N° 39 : LES DIEUX DE LA MORT LENTE
N° 40 : LES MANGEURS D'HOMMES D'ILETROIS
N° 41 : LES CHEVALIERS-DRAGONS DE KHARM

Nº 42 : LES ADORATEURS DE DSCHUBBA
Nº 43 : L'EMPEREUR DE WORAD
Nº 44 : LES HORDES DU GRAND OCÉAN
Nº 45 : LES LÉGIONS DE KORUM
Nº 46 : L'ÉMERAUDE DE JOKKUN
Nº 47 : LES DEUX REINES DE DRAKO
Nº 48 : LES ZOMBIES DE VIKKA
Nº 49 : L'AMBASSADRICE DES KHUNS
Nº 50 : LE PROPHÈTE FOU DE DRYDEN
Nº 51 : LE FIEF DE CIPANG'HO
Nº 52 : LES PRÊTRES-ROIS DE TARKOS
Nº 53 : LES BERSERKERS DU PAYS-ROUGE
Nº 54 : LES HORDES DE PIERRE
Nº 55 : L'ENVOYÉ DE MICTAN
Nº 56 : LE COMBAT DES MAGICIENS
Nº 57 : LE COMPLOT DES SIN'KAS
Nº 58 : LES SÉQUESTRÉS DE RHIVA
Nº 59 : LE TRAÎTRE DU JEHOL
Nº 60 : LES CYCLOPES DU DIEU SERPENT
Nº 61 : LE GRAND MAÎTRE DE VIE
Nº 62 : LA DIMENSION APOCALYPSE
Nº 63 : LA CITÉ DES FEMMES-CLONES
Nº 64 : LA REINE DES OMBRES
Nº 65 : LE CENTAURE D'ABYSSIA
Nº 66 : L'ARBRE SACRÉ DE SERENDEH
Nº 67 : LE SAGE DE GERONYA
Nº 68 : LE ROYAUME DE FÉLICITÉ
Nº 69 : LE TEMPS DU RÊVE
Nº 70 : LA RÉSURRECTION DE KAAH
Nº 71 : LE SOMMEIL D'AMNESIAH
Nº 72 : L'ENFER D'APOKALYS
Nº 73 : L'OISEAU DE PAIX
Nº 74 : LA CITÉ D'IVOIRE
Nº 75 : LE FEU D'ODYSSIAH
Nº 76 : LES RAPACES DE VESTA
Nº 77 : LES ESCLAVES DU DIEU OLOS
Nº 78 : LA FAUCHEUSE D'ÂMES
Nº 79 : LE SANCTUAIRE DE DAGON
Nº 80 : LA CITADELLE DE LA NUIT
Nº 81 : LA LUMIÈRE DE KREST
Nº 82 : LE SANG DU DIEU BLANC
Nº 83 : L'ARCHIPEL DE LA SALAMANDRE
Nº 84 : LA VIERGE DES GLACES
Nº 85 : LES SEIGNEURS DES TÉNÈBRES
Nº 86 : L'EMPIRE DES ÉCAILLES

N° 87 : LES CONJURÉS DE LA FLAMME ROUGE
N° 88 : LA MONTAGNE DU CIEL
N° 89 : LES GUERRIERS NOIRS D'YSLIS
N° 90 : LE DÉMON NOIR DE CIPHANG
N° 91 : LA CONSPIRATION DES MARTYRS
N° 92 : L'IMMORTEL DE PANGEA
N° 93 : LE TRAÎTRE D'ARTIS
N° 94 : LES NEIGES DE L'APOCALYPSE
N° 95 : L'ÉVADÉ DE BRANNAG
N° 96 : LES RÉVOLTÉS DU ROI DU MONDE
N° 97 : LE RÉGENT DE CORONA
N° 98 : LA HORDE NOIRE

JEFFREY LORD

BLADE

LA SOLEIL SOUS LA TERRE

Adapté de l'américain
par Olivier Raynaud

VAUGIRARD

Illustration de la couverture : Loris

ISBN 2-265-05399-6
ISSN 0395-7780

CHAPITRE PREMIER

Une atmosphère printanière berçait Londres.

Richard Blade arrivait du Kent où il venait de passer un week-end fort agréable en compagnie d'un somptueux mannequin. Il l'avait rencontrée à une vente chez Sotheby et elle avait, entre autres, ceci de particulier qu'elle appréciait les corps musclés et athlétiques couronnés d'une tête bien belle contenant un *vrai* cerveau. Blade, qui était normalement d'un naturel modeste, dut pourtant s'avouer assez flatté...

En se prélassant dans le ravissant cottage que la belle possédait dans la partie la plus vallonnée du Kent, il avait donc naturellement eu l'impression que Londres se trouvait à des années-lumière. Une erreur d'appréciation que s'était vite chargé de rectifier le téléphone spécial dans la Rover.

J avait été cordial et bref, comme à son habitude, mais le message avait été tout aussi clair : une nouvelle mission était programmée dans les vingt-quatre heures à venir. Savoir si c'était une lubie de Lord Leighton ou la conséquence d'un savant calcul de l'ordinateur central du Projet DX était une autre histoire...

Le lundi matin, après avoir quitté sa conquête, le cœur lourd, Blade était passé se changer chez lui puis avait pris la route de la Tour de Londres. Dans la lumière dispensée par un ciel presque dépourvu de nuages, la vieille forteresse ressemblait à un monstre préhistorique assoupi parmi les arbres sans feuilles.

Après avoir abandonné la Rover entre deux 4X4 qui n'avaient probablement jamais quitté les rues tortueuses de la capitale, Blade se dirigea vers la porte dérobée ouverte dans un coin discret de la muraille.

Les deux cerbères en civil de la Special Branch l'accueillirent avec le mélange de froideur professionnelle et de vagues sentiments humains qui les caractérisaient avant de le livrer à leur collègue électronique embusqué dans le mur qui autopsia fond d'œil, empreintes vocales et digitales, et Dieu sait quoi encore, avant de l'autoriser à franchir la porte. Blade ne se retourna pas et accepta l'invitation muette de la cabine d'ascenseur qui venait de s'ouvrir à son approche.

L'engin l'emporta sans bruit vers le

complexe secret installé sous les fondations de la Tour de Londres, là où Lord Leighton officiait inlassablement depuis des années dans l'espoir d'ouvrir un jour à l'Angleterre, et sans restrictions, les voies infinies des mondes parallèles. Car, pour l'instant, le seul homme capable de supporter la translation était Blade. En effet, tous ses prédécesseurs avaient disparu ou étaient revenus avec le quotient intellectuel d'un concombre de mer...

A cela il fallait ajouter l'impossibilité, sauf intervention extérieure de quelque entité surnaturelle[1], de revenir dans le même monde. Tant que cela durerait, l'idée d'établir un Empire britannique interdimensionnel resterait lettre morte. Et ceci sans parler du coût fabuleux du Projet DX qui donnait des frissons au chancelier de l'Échiquier dès que le Premier Ministre prononçait ce nom devant lui.

Comme d'habitude, J attendait Blade à la sortie de l'ascenseur. Impeccablement vêtu, le cheveu presque blanc, le vieux chef anonyme des Services Secrets accueillit son protégé avec la distinction d'un gentleman-farmer recevant une vieille connaissance dans son manoir.

1. Voir BLADE n° 41, *Les Chevaliers-Dragons de Kharm ;* n° 44, *Les Hordes du Grand Océan ;* n° 48, *Les Zombies de Vikka.*

Les deux hommes se serrèrent la main et J fit signe à Blade de le précéder dans le couloir d'une blancheur et d'une propreté d'hôpital qui menait vers l'antre bourdonnant de Lord Leighton.

Les locaux souterrains du Projet DX étaient organisés autour du laboratoire central dont les murs étaient recouverts d'armoires électroniques et de consoles. Au bout du laboratoire se dressait la cabine de translation, qui paraissait déplacée dans un tel environnement high-tech. Elle ressemblait à un fauteuil de dentiste vaguement futuriste posé sur un socle circulaire et surplombé par une sorte de cage grillagée. Non loin de là, entre deux ordinateurs, se trouvait le petit vestiaire consenti à Blade.

A l'arrivée des deux hommes, Lord Leighton fit manœuvrer son fauteuil roulant électrique et s'approcha d'eux. Une fois de plus, Blade ne put s'empêcher de comparer le vieux génie, physiquement très atteint par la maladie, à une araignée géante.

Le courant n'était jamais vraiment passé entre eux, Lord Leighton l'ayant toujours considéré plus comme un cobaye doué d'une intelligence hors du commun que comme un être humain. La poignée de main qu'échangèrent les deux hommes confirma encore une fois cette incompréhension profonde qui existait entre eux.

Ensuite, le vieux savant gratifia Blade d'un vague signe de la main avant de retourner à ses occupations.

— Vous ne pensiez pas qu'il allait subitement se métamorphoser en hôte attentionné ? demanda J sur un ton amusé en voyant l'expression qui se lisait sur le visage carré, aux lignes volontaires, de Blade.

Celui-ci passa la main dans ses cheveux sombres et légèrement bouclés.

— Non... Je crois qu'il est temps que j'aille me préparer, n'est-ce pas ?

— On ne peut rien vous cacher, répondit J avec un sourire en coin.

Blade entra dans le minuscule vestiaire et se dévêtit rapidement. Puis il s'enduisit le corps de la fameuse pommade noire destinée à préserver la peau de la brûlure des électrodes au moment de la translation. La mixture sentait si mauvais qu'elle aurait fait fuir même un putois. Pour finir, Blade passa un pagne et ressortit pour aller s'asseoir dans le fauteuil de la cabine.

Lord Leighton s'approcha de lui et entreprit de placer sur son corps toutes les électrodes reliées par des fils électriques à l'ordinateur principal. Une fois l'opération terminée, le vieil homme recroquevillé actionna les commandes de son fauteuil et repartit en direction de la plus grande des consoles, sur laquelle des constellations de voyants clignotaient sans cesse.

Blade leva les yeux et vit J qui lui faisait discrètement un signe d'encouragement. Il lui répondit par un clin d'œil. Au même moment, la cage grillagée suspendue au-dessus de sa tête commença à descendre. Un instant plus tard, sa base s'adapta exactement aux contours du socle avec un petit claquement métallique.

Blade se raidit dans le siège dans l'attente de la première attaque de la douleur.

Celle-ci ne se fit pas attendre. Elle survint alors qu'un changement subtil venait de s'amorcer dans le bourdonnement qui imprégnait l'atmosphère recyclée et climatisée du laboratoire. Un peu comme si les ordinateurs venaient de passer à la vitesse supérieure.

Tout autour de lui, Blade vit les lignes du laboratoire se déformer. Le dysfonctionnement de sa vision s'accrut au fur et à mesure que la douleur imprégnait son corps de plus en plus profondément. J et Lord Leighton devinrent des personnages grotesques surgis d'un rêve d'ivrogne.

Quelques secondes plus tard, alors que la douleur était devenue intolérable, ce fut tout l'univers qui sembla être la proie d'un delirium. Le laboratoire parut se rétracter, se refermer sur lui-même.

Il y eut une sorte de claquement et le noir total remplaça la dernière image insensée captée par la rétine de Blade.

CHAPITRE II

La sensation d'éparpillement au quatre coins de l'univers était presque aussi insoutenable que cette maudite douleur qui semblait s'acharner jusque sur la moindre particule de son corps. Si Blade avait pu hurler, son cri se serait entendu plus loin que la Galaxie d'Andromède.

Ce monstrueux tourbillon dans un infini, qui n'avait d'existence que purement mathématique, parut durer des millénaires. Au bout de cette éternité (enfin !), l'esprit désincarné de Blade ressentit une sorte de décélération subtile et il sut que la fin de cette première phase était proche.

Plus tard, les atomes de son corps entreprirent de se regrouper sous une influence que peut-être seul Lord Leighton aurait pu expliquer.

Soudain, il y eut une sorte d'éclair qui mit un terme à sa douleur, et Blade se rematérialisa en l'air. Il ferma instinctivement les yeux et se mit en boule. Il sentit qu'il traversait un mur de végétation mais sa chute se termina dans l'eau. Il toucha un fond mou, se déplia d'un coup de reins et remonta vers la surface toute proche.

Lorsqu'il rouvrit les yeux, Blade constata qu'il se trouvait dans une espèce de petit marais cerné par des arbres aux feuilles épaisses et d'un vert profond. Mais ce qui le frappa le plus ce fut l'impression de proximité que lui donna la boule de feu agressive du soleil accrochée au-dessus de sa tête.

L'eau du marais était tiède. Un véritable bouillon de culture dans lequel grouillait une vie minuscule que Blade pouvait sentir vibrer contre sa peau nue. Au bout de quelques brasses, Blade sentit le fond sous ses pieds et lorsqu'il arriva sur la berge recouverte d'un confortable matelas de mousse, il n'avait plus que de l'eau jusqu'aux genoux.

La végétation s'avançait jusqu'à toucher l'eau par endroits, plongeant une racine hésitante dans le liquide épais, apparemment sans pousser l'expérience plus loin. Les troncs minces et droits des arbres — aux feuilles ressemblant à des mains vertes et rousses aux doigts écartés — surgissaient au milieu d'une herbe drue et haute d'un bon mètre.

Après avoir vérifié que rien ne présentait

d'aspect dangereux et que rien ne se dissimulait dans les environs, Blade sortit de l'eau en faisant le moins de bruit possible. Quelque part dans la voûte de feuilles, un animal poussa un cri strident qui provoqua l'envol précipité d'une bande de gros oiseaux noirs.

Blade s'avança avec précaution, écartant lentement les longues herbes charnues dont les pointes acérées lui affleuraient souvent la poitrine. Avisant un arbre mort dont le tronc était cisaillé en deux, il s'en approcha à pas comptés. En fouillant dans le branchage noirci, il finit par découvrir ce qu'il cherchait : une branche de presque deux mètres de long, suffisamment rectiligne et pointue à une extrémité pour servir d'arme en cas de besoin.

Une fois le long bâton bien en main, Blade se sentit plus rassuré. Il reprit sa progression parmi les troncs en fouillant l'herbe devant lui, après avoir remis le choix de la direction à suivre entre les mains du hasard. La chose qui le tracassait le plus était cette apparente proximité du soleil très chaud qui semblait survoler la cime des arbres...

Au bout d'une bonne heure de marche, Blade trouva devant lui un large ruisseau dans lequel il décida aussitôt de plonger pour se rafraîchir. Dès qu'il se fut relevé, il abandonna la forêt et entreprit de suivre le cours d'eau en se disant qu'il finirait bien par rejoindre une rivière. Et qui dit rivière dit voie de navigation. Ce qui à son tour dévoile l'existence d'êtres pourvus d'intelligence.

Un peu plus loin, il aperçut en effet, de l'autre côté du ruisseau, un petit empilement de pierres teintées en rouge. La preuve qu'il y avait des habitants dans ce monde.

Le temps passant, Blade découvrit d'autres amoncellements de pierres rouges. Ils étaient apparemment disposés à intervalles réguliers le long de la rive opposée.

A la longue, la faim commença à lui tenailler l'estomac. Après avoir, tant bien que mal, aiguisé la pointe de sa branche à l'aide d'un caillou tranchant qu'il conserva avec lui, Blade s'arrêta sur le bord d'une petite surface d'eau formée par un tronc tombé en travers du ruisseau. Une quantité de débris divers, charriés par le courant, s'était accumulée autour du bois pourrissant et avait formé une petite digue irrégulière et approximative. La retenue d'eau n'avait pas plus de quatre ou cinq mètres de large sur une douzaine de long mais c'était amplement suffisant pour abriter quelques animaux intéressants...

Blade s'accroupit de manière à éviter le maximum de reflets à la surface du ruisseau. Immobile comme une statue, il ne tarda pas, aux yeux des habitants du trou d'eau, à disparaître complètement dans le paysage en se noyant dans le fond de verdure des arbres qui entouraient l'endroit.

L'œil de Blade distingua un mouvement sous l'eau, à peu près au milieu du petit barrage naturel. Un mouvement qui fut accompagné d'un bref éclair qui se perdit sous l'enchevêtrement de racines, de terre et de bois pourri. Blade repéra exactement le point, redressa lentement et leva sa branche dans sa main droite en la tenant comme un javelot.

Vu les performances qu'il pouvait attendre de son arme primitive et grossière, il mit toutes ses forces dans le coup. La branche traversa, en paraissant vibrer dans l'air, les trois mètres qui la séparaient de l'eau et alla se ficher sous la digue. Blade se précipita et vit qu'elle continuait à bouger. C'était un signe qu'il avait réussi à embrocher un animal. Blade enfonça la lance improvisée d'un bon coup afin d'assurer sa prise avant de la remonter.

Le poisson avait une très gosse tête par rapport à son corps qui, recouvert d'écailles argentées, faisait penser à un silure. La pointe de bois lui avait transpercé la tête à hauteur des ouïes. Blade décrocha l'animal et l'acheva d'un coup de bâton juste derrière le crâne. Les barbillons qui entouraient la grande bouche frémirent une dernière fois avant que la mort ne les immobilise définitivement.

Blade décapita le poisson à l'aide de son caillou tranchant, le vida et lui arracha la peau. Puis il planta les dents dans la chair crue. Celle-ci se révéla grasse, avec un goût rappelant celui du saumon.

Rassasié, Blade reprit son chemin dans la forêt en suivant le cours d'eau. Au fil des heures, il trouvait bizarre que la nuit ne vienne pas. Pour ce qu'il pouvait en distinguer au travers des hautes branches des arbres, le soleil semblait toujours aussi agressif, toujours aussi proche et... toujours au-dessus de sa tête.

Quelque chose n'allait pas. Ou alors, dans cette Dimension, la révolution de l'astre du jour était si lente que les jours devaient durer au moins une bonne semaine terrienne...

Fatigué par sa longue marche, Blade décida qu'il était temps pour lui de s'arrêter et de prendre un peu de repos. Il avisa alors une espèce de petite grotte dans un affleurement rocheux proche du ruisseau. Après avoir vérifié qu'il n'envahissait pas la tanière de quelque bête sauvage, il s'y installa et s'endormit d'un œil, prêt à bondir à la première alerte.

Mais la fatigue avait dû émousser ses sens car, lorsqu'il ouvrit les yeux, réveillé par un bruit anormal, ce fut pour se retrouver face à trois hommes aux cheveux mi-longs, vêtus de tuniques et de pantalons noirs. Et avec la pointe métallique d'un couteau posée sur sa gorge.

— Je te conseille de ne rien faire pour

t'échapper..., lui dit celui qui se trouvait devant l'entrée de la minuscule grotte et qui portait un cercle doré sur sa poitrine. Tangar a plus de réflexes qu'un serpent d'eau et tu seras mort avant d'avoir pu bouger le petit doigt.

Même sans l'étrange faculté que lui conférait l'ordinateur central de comprendre et de parler instantanément toutes les langues des Dimensions X qu'il visitait, Blade aurait saisi ce que venait de lui dire l'homme.

— D'accord. Je n'ai pas l'intention de m'échapper...

— N'aggrave pas ton cas, l'interrompit celui qui arborait le cercle doré sur sa tunique.

Le troisième homme, qui, contrairement aux autres, avait un collier de barbe, ramassa alors la lance de Blade et en examina attentivement l'extrémité taillée.

— Il y a des traces de sang sur la pointe, laissa-t-il tomber en hochant la tête. Je ne sais pas pourquoi cet homme est nu, mais je suis sûr que c'est un braconnier.

Dans sa bouche, ces mots sonnèrent comme une condamnation à mort. Blade se raidit, essayant d'imaginer un moyen pour s'échapper. Si l'homme au cercle doré n'était apparemment pas armé, les deux autres portaient des épées longues et menaçantes. Et, surtout, ils étaient costauds et n'avaient pas l'air d'être tombés de la dernière pluie. Cela se lisait dans leurs yeux sombres.

— Debout ! ordonna le chef. Majer, attache-lui les mains dans le dos.

Le dénommé Majer reposa la lance improvisée et défit une cordelette passée au-dessus de la ceinture qui lui enserrait la taille et dans laquelle était passée son épée. Un instant plus tard, Blade se retrouva les poignets immobilisés. Tangar et Majer le poussèrent hors de la grotte et il se retrouva face à face avec le chef du trio.

— J'espère que tu auras de bonnes explications à donner à Oviedan, sinon, ton compte est bon.

— Mais qu'est-ce que j'ai fait ? jeta Blade. Je n'ai tué qu'un poisson du ruisseau pour manger. Est-ce un crime ?

— Oui, répondit l'autre.

Les trois hommes à la peau hâlée n'étaient guère bavards mais, à la faveur de la conversation, Blade finit par apprendre que leur chef s'appelait Tuace. Tout comme il finit par comprendre qu'il avait commis un sacrilège en tuant une créature à la lisière de la forêt sacrée qu'ils étaient en train de traverser sous le regard du soleil, qui ne se décidait toujours pas à se coucher. C'était cette frontière que marquaient les piles de pierres rouges...

Tuace et ses deux compagnons avaient apparemment pour mission de traquer tous ceux qui commettaient le crime de pénétrer dans cette forêt qui abritait un sanctuaire dédié à un dieu du nom de Kumi. Dans son ignorance, Blade avait ajouté le sacrilège supplémentaire d'avoir ôté la vie à une créature bénéficiant de la protection de la divinité en question...

Peu de temps après avoir quitté la grotte, ils atteignirent une piste se faufilant entre les troncs. Quand le chemin découpé dans les hautes herbes piquantes passa entre deux entassements pyramidaux de pierres rouges, Blade comprit qu'ils venaient de quitter la partie interdite de la forêt.

Ses gardiens parurent subitement se décontracter, comme s'ils venaient d'être délivrés d'un poids.

— Comment as-tu pu être assez stupide pour tuer un animal sacré ? lança Tuace.

Blade haussa les épaules et répondit sur un ton poli et neutre :

— Je n'étais pas au courant. Je suis un voyageur venu de loin et c'est la première fois que j'entends parler de Kumi et de sa forêt sacrée.

— C'est ça..., grommela Tuace en touchant le cercle doré qui ornait sa poitrine. Je ne te crois pas non plus quand tu racontes que tu as été dévalisé par des coupe-jarret et abandonné dans la forêt. La route la plus proche passe à des lieues de la forêt sacrée. En vérité, tu n'es qu'un braconnier qui essayait de ramener des peaux de sertak. De toute façon, Oviedan trouvera bien le moyen de t'obliger à lui dire la vérité... Tu peux lui faire confiance !

Bientôt, l'opacité relative de la voûte forestière s'allégea et la lumière ambiante se fit plus forte. Selon toute vraisemblance, ils approchaient de la lisière de cette forêt qui jusque-là avait paru s'étendre à l'infini tout en masquant le ciel.

Quelques milles plus loin, la piste monta le long du flanc d'une colline. Mais lorsque le groupe parvint au sommet et que le paysage se déploya enfin devant les yeux de Blade, celui-ci s'immobilisa, tétanisé par la surprise.

Devant eux, il n'y avait pas d'horizon.

L'immense patchwork des champs, des rivières et de tout ce qui faisait ce monde *remontait* jusqu'à disparaître dans le lointain brumeux qui prenait la place qu'aurait dû occuper le ciel. C'était comme si la main d'un dieu avait pris une planète habitée pour la retourner telle une balle de tennis fendue dont on fait passer l'extérieur à l'intérieur.

Au-dessus d'eux, semblant si proche qu'il donnait l'impression de vouloir se précipiter vers la terre, brillait un soleil minuscule et agressif. Un soleil immobile au-delà duquel l'esprit devinait, suspendues, des contrées entières que seule la force centrifuge empêchait de tomber vers la sphère de feu.

Tangar leva la main et montra l'étrange astre du jour à Blade.

— Puisque tu prétends ne pas connaître Kumi, eh bien, le voilà ! dit-il avec un ricanement. Je suis sûr qu'il appréciera le goût de ton sang lorsque tu seras égorgé sur la pierre du sacrifice !

Mais Blade ne fit même pas attention à ce que venait de lui dire l'homme et à la menace qui se profilait à l'horizon. *L'horizon !* Il venait de comprendre dans quel endroit il se trouvait. Il s'était rematérialisé dans une terre creuse, un monde qui s'étendait sur la paroi *intérieure* d'une sphère planétaire, et non à la surface de celle-ci. Un monde qui était éclairé par un soleil central, minuscule et stationnaire, ayant pris la place du noyau en fusion.

Un monde où l'idée même de nuit n'existait pas et où brillait un jour éternel.

Il put deviner, suspendues, des contrées entières que seule la force centrifuge empêchait de tomber vers la sphère de feu.

Tanear leva la main et montra l'étrange astre du jour à Blade.

— Puisque tu prétends ne pas connaître Kurnt, eh bien, le voilà ! dit-il avec un ricanement. Je suis sûr qu'il appréciera le goût de ton sang lorsque tu seras égorgé sur la pierre du sacrifice !

Mais Blade ne fit même pas attention à ce que venait de lui dire l'homme et à sa menace qui se profilait à l'horizon. L'horizon ! Il venait de comprendre dans quel endroit il se trouvait. Il s'était matérialisé dans une terre creuse, un monde qui s'étendait sur la paroi intérieure d'une sphère planétaire, et non à la surface de celle-ci. Un monde qui était éclairé par un soleil central minuscule et stationnaire, ayant pris la place d'un noyau en fusion.

Un monde où l'idée même de nuit n'existait pas et où brillait un jour éternel.

CHAPITRE III

Blade eut du mal à s'habituer à la sensation angoissante que provoquait l'absence d'horizon.

Il avait l'impression d'être une mouche collée au fond d'un immense bol dont il avait du mal à discerner les lointaines parois. Ses gardiens finirent par s'apercevoir de son trouble alors qu'ils redescendaient l'autre versant de la colline, laissant la masse de la forêt derrière eux. Mais ils commirent une erreur d'interprétation.

— On dirait que tu commences à comprendre ce qui t'attend... laissa tomber Tuace. On va bientôt arriver à Isek, où Oviedan va s'occuper de toi.

Le chemin devint route et se mit à serpenter au travers de champs cultivés et de prairies où paissaient des animaux de la taille d'une vache dont les cornes auraient été remplacées par des bois de jeunes cerfs. De temps à autre, un hangar ou une masure en bois se dressait à proximité de la chaussée de terre battue.

Il arrivait aussi que les gens, paysans et artisans probablement, qu'ils croisaient crachent sur Blade ou l'insultent, ce qui semblait beaucoup amuser ses gardiens. Tout ça pour un modeste poisson ! Décidément, la prochaine fois, il se contenterait de la cueillette de baies et de racines ! C'était à croire que sa bonne étoile l'avait abandonné...

Blade avait la bouche aussi desséchée que le Grand Lac Salé, lorsque Tuace décida enfin de s'arrêter dans un établissement essentiellement composé d'une baraque de bois et d'une avancée de toit en paille qui s'approchait prudemment de la route.

L'apparition de Blade déchaîna une fois de plus l'ire populaire, et il fallut la fermeté des hommes en noir pour que le tenancier accepte de le voir s'asseoir par terre, comme un chien, à côté de ses gardiens.

— Encore un de ces sales braconniers, hein ? jeta le patron, un homme gras et suant dont la tunique autrefois blanche était maculée de taches et d'auréoles fermement incrustées.

Tuace prit le pichet que lui tendait leur hôte et le posa sur la table branlante.

— Il nie l'accusation mais avoue avoir tué et mangé un poisson de la forêt sacrée. Maintenant, tout ça, c'est l'affaire d'Ovedian... Nous, on a fait notre travail.

Le propriétaire s'éclipsa et revint avec des gobelets faits du même verre épais et coloré que le pichet. Et avec un petit seau d'eau.

— Pourquoi vous ne sacrifiez pas tout de suite ces immondices sacrilèges dans le sanctuaire de la forêt, hein ?

Tangar versa un liquide jaune paille dans le gobelet. Puis son regard rencontra celui de Blade.

— Pour toi, de l'eau ! laissa-t-il tomber en donnant un coup de pied furtif à leur prisonnier.

— Tu poses à chaque fois la même question, Cairan, soupira Tuace. Tu sais très bien qu'une exécution publique fait plus d'effet qu'un sacrifice uniquement vu par les prêtres et fait à la sauvette à côté du sanctuaire du Kumi.

Cairan fit la grimace et jeta un retard mauvais à Blade.

— Moi, je dis qu'il faut les exterminer sur place et que Oviedan a autre chose à faire que de perdre du temps avec ça. Si cette forêt et toutes celles qui sont sacrées avaient été dédiées à Satoth, ça ne se serait pas passé comme ça !

Une ombre traversa le regard de Tuace. Une fois de plus, celui-ci toucha le cercle d'or ornant sa poitrine.

— Cairan, tu devrais réfléchir un peu plus avant de parler et ne pas oublier que si les forcenés de Satoth faisaient la loi ici, ils t'auraient déjà abattu rien que pour l'alcool que tu viens de nous servir... Satoth n'est qu'un monstre abject et ceux qui l'adorent en essayant de nous faire croire que c'est un dieu ne sont qu'une bande d'assassins !

Le tenancier haussa les épaules et s'éloigna vers la porte de sa baraque de bois. La demi-douzaine d'hommes assis aux tables voisines firent comprendre à Tuace qu'ils approuvaient ses paroles, mais le regard qu'ils lancèrent à Blade dévoila qu'ils le considéraient sincèrement comme inférieur à la plus primitive des créatures vivantes.

Tuace se leva, donnant le signal du départ.

— Il est temps d'y aller, dit-il en posant une pièce sur la table. Il faut rentrer avant la nuit.

Blade ne réagit pas immédiatement à ce qu'il venait d'entendre. Ce ne fut que lorsqu'il fut debout qu'il comprit les implications de ce que venait de dire le chef des gardes.

La nuit ?

Mais comment la nuit pouvait-elle tomber dans ce monde organisé autour de son petit soleil central ?

Blade eut la réponse alors que Isek, la cité où il devait être jugé, ne fut plus qu'à une demi-heure de marche.

En fait, cela faisait longtemps que l'agglomération était apparue dans la courbure inversée de l'horizon. Comme le paysage qui l'entourait, Isek était lentement sortie de la brume légère qui brouillait tout à partir d'une certaine distance pour paraître ensuite descendre à leur rencontre.

Blade et ses gardiens venaient de croiser une charrette remplie à ras bord d'une sorte de tourbe et tirée par deux bœufs à bois de cerf, quand il sentit une subtile modification dans l'atmosphère. Il chercha autour de lui mais sans découvrir quoi que ce soit de particulier. Puis il leva les yeux vers le soleil et se rendit compte que son éclat semblait avoir légèrement diminué.

Sur le moment, Blade pensa être victime d'une illusion due à la fatigue mais, un peu plus tard, force fut pour lui d'admettre qu'il n'avait pas rêvé : le rayonnement du soleil perdait régulièrement de l'intensité et lorsqu'ils atteignirent l'entrée d'Isek, un véritable crépuscule recouvrait l'ensemble de l'intérieur de la terre creuse.

Ici, la nuit tombait lorsque le soleil s'éteignait...

Isek ne devait pas compter plus de deux ou trois mille âmes et la vie semblait s'y dérouler avec le même calme que celui d'un village blotti au creux du pays de Galles. Un mur d'enceinte en brique d'à peine trois yards de haut délimitait la frontière séparant le cœur de la cité de ses faubourgs organisés autour des trois routes qui partageaient Isek avant de se rejoindre à hauteur de sa place centrale.

Les portes d'accès au centre ville étaient flanquées de deux petites tours de dix à douze yards, au sommet desquelles sommeillaient quelques gardes qui auraient eu bien du mal à intervenir efficacement en cas d'urgence pour secourir leurs collègues surveillant la circulation. Tout montrait qu'Isek n'avait pas connu de problèmes depuis sans doute bien longtemps...

A l'entrée du faubourg, Tuace eut un geste magnanime à l'égard de Blade et lui trouva une tunique usagée sur l'étal d'un marchand miteux pour couvrir sa nudité. Vêtu comme un mendiant, Blade dut quand même essuyer les insultes et les quolibets des gens qu'il croisait.

Contrairement à bien des cités qu'il avait visitées lors de ses voyages dans les Dimensions X, aussi bien que sur Terre, Blade trouva qu'Isek était plutôt propre, même si l'inévitable caniveau puant à ciel ouvert suivait le tracé de chaque rue. Les maisons, qui ne dépassaient presque jamais un étage, étaient quasiment toutes en bois, avec de grandes fenêtres souvent garnies de rideaux colorés.

Les Isekiens semblaient apparemment apprécier les couleurs car la plupart des façades en planches soigneusement jointes étaient décorées à l'aide de teintes vives pour la plupart. Un goût que l'on retrouvait dans les vêtements, ce qui expliquait pourquoi les trois gardiens de Blade étaient immédiatement repérés avec leurs habits noirs dès qu'ils arrivaient quelque part... Lassé de devoir essuyer crachats et brimades, Blade finit par attendre avec impatience le moment où on le jetterait enfin dans un cachot en attendant sa condamnation qui paraissait déjà inévitable.

Une fois à l'intérieur du centre ville délimité par le cercle irrégulier dessiné sur l'enceinte, Blade découvrit que quelques constructions en brique s'élevaient ici et là parmi les maisons de bois. Elles étaient à peine plus hautes, deux étages au maximum, mais semblaient réservées à de riches habitants et à des services officiels. En tout cas, la pierre de taille était complètement absente de l'architecture locale.

Au détour d'une rue, le petit groupe tomba sur une procession qui s'étirait derrière un homme, grand et maigre, revêtu d'une toge dorée brodée de bleu et de rouge. L'homme tenait devant lui un globe couleur or fixé au sommet d'une hampe. Derrière lui, les fidèles, hommes et femmes, vêtus d'amples vêtements blancs, avançaient, tête baissée, en murmurant une sourde mélopée.

Tuace leva la main.

— Faisons un détour. S'ils voient le prisonnier, ils vont avoir une crise d'hystérie meurtrière.

— Pourquoi cette procession ? questionna Blade alors qu'ils rebroussaient chemin, empruntant à la hâte une rue étroite et sinueuse que la nuit tombante avait rendue déjà presque noire.

Tuace s'arrêta et se tourna vers lui.

— Je ne sais pas d'où tu viens, mais ça m'étonnerait qu'il n'y ait pas de Fous de Kumi dans ton pays... Tous les soirs, cette procession traverse Isek pour implorer Kumi de bien vouloir se rallumer le lendemain. Si tu étais tombé entre leurs mains, ils t'auraient haché menu.

— Et je suppose qu'ils seront aux premières loges au cas où je serais condamné à être torturé en place publique ? jeta Blade en tirant avec colère sur les liens qui immobilisaient ses poignets dans son dos.

— Tu as tout compris, dit Tuace en le poussant si fort devant lui que Blade, dont les chevilles étaient entravées depuis son entrée en ville, faillit perdre l'équilibre. Allez, la prison n'est plus qu'à trois pâtés de maisons d'ici...

Blade attendit que la porte se soit refermée avec un grincement de gonds rouillés pour se relever. Il se dirigea vers le seau d'eau qui se trouvait dans un coin du cachot et but longuement avant de s'attaquer aux espèces de galettes un peu grasses qui étaient empilées à côté, directement sur le sol en brique, comme le reste de la prison.

Une fois rassasié, il alla s'asseoir contre le mur et remua poignets et chevilles pour réactiver la circulation sanguine malmenée par ses liens. Ceci fait, il se détendit et essaya de réfléchir tout en luttant contre la fatigue qui s'emparait de tout son corps.

Jusqu'alors, il avait toujours considéré l'idée de l'existence d'un monde creux comme un mythe entretenu depuis deux siècles sur la Terre par une bande d'illuminés de tous les pays, incluant même certains dignitaires de l'Allemagne nazie. Pour ces gens, la Terre était une sphère vide avec un soleil miniature à la place du noyau en fusion tel qu'on le trouvait dans la géologie classique. Un soleil qui éclairait un monde comme le nôtre mais qui s'étendait à l'intérieur de la sphère terrestre.

Divers occultistes avaient placé dans ce monde intérieur diverses races ou civilisations supérieures, telles que les surhommes de Thulé ou même l'Atlantide. Pour eux, on accédait à cet univers insoupçonné soit par des tunnels qui s'ouvraient dans certaines régions désolées du globe, soit par des ouvertures gigantesques situées au niveau des pôles et qu'un complot international continuerait à dissimuler à la connaissance de l'humanité. Certains, même, se souvint Blade, affirmaient que les soucoupes volantes venaient de l'intérieur de la Terre et qu'elles transitaient par ces fameux gouffres polaires...

Et voilà que ce fantasme était devenu réalité !

A première vue, cette planète inversée, que ces habitants paraissaient appeler simplement le Monde, était bien plus petite que la Terre. C'est tout au moins ce que laissait penser la courbure de son horizon concave. Elle devait tourner rapidement sur elle-même pour produire une force centrifuge capable de faire office de gravité artificielle.

Restait aussi à savoir comment le petit soleil pouvait conserver éternellement sa position centrale. Le moindre écart de cette position aurait été mortel pour les habitants. Et, surtout, qu'est-ce qui pouvait bien le faire s'obscurcir pour simuler la succession des jours et des nuits et, donc, donner la notion de temps qui passe ?

Blade en vint à se demander s'il n'allait pas, cette fois, rencontrer la plus grande magie qu'il lui ait été donné de voir au cours de ses voyages dans les Dimensions X.

Peut-être, en fin de compte, que Kumi était véritablement une sorte de dieu affichant la forme d'une immense boule de lumière de plusieurs centaines de kilomètres de diamètre, veillant depuis une éternité sur une humanité qui ne connaîtrait jamais la beauté d'un ciel nocturne piqueté d'étoiles...

A moins, bien entendu, qu'il existât des passages menant à l'extérieur de la planète creuse.

Un rai de lumière tira Blade de son sommeil, traversant le mur de brique par un minuscule fenestron d'aération qu'il n'avait pas remarqué à son arrivée en pleine nuit. Quelques instants plus tard, un bruit de sandales claquant sur le sol annonça l'arrivée de plusieurs personnes.

Blade s'attendait à voir Tuace et ses deux compagnons mais ce furent trois gardes comme ceux qui surveillaient la circulation dans la cité qui apparurent à la porte, avec chacun une épée à la main. Blade se leva d'un bond.

— Ne tente rien de stupide, fit l'un d'eux, au nez et au menton proéminent. Oviedan veut te voir.

Blade acquiesça avec un soupir après avoir évalué que ses chances de s'échapper étaient quasiment égales à zéro. Le garde qui lui avait parlé entra dans le cachot en tirant une corde de sa ceinture de cuir. Un des trois autres l'accompagna.

— Tends tes poignets, braconnier !

Blade se retrouva à nouveau les mains entravées. Puis le garde lui attacha les chevilles avec la même corde, en laissant juste assez de mou pour qu'il puisse marcher à petits pas. Avec ce système, Blade ne ferait pas trois mètres en courant sans s'étaler de tout son long.

Blade traversa un couloir sur lequel s'ouvraient d'autres portes cadenassées puis se retrouva à l'air libre, dans une rue assez étroite et encombrée. Les gardes dispersèrent à coups d'injures les gosses insouciants qui y jouaient.

Le soleil brillait à nouveau sur Isek, preuve que la procession des Fous de Kumi de la veille avait été efficace.

Un peu plus tard, le petit groupe arriva sur la place centrale de la cité. L'espace ainsi dégagé formait un carré irrégulier cerné par les façades colorées des maisons avoisinantes parmi lesquelles s'élevaient trois constructions en brique rougeâtre ressemblant à des cubes percés de fenêtres. L'une d'elles était surmontée par une tour carrée et trapue posée sur son toit plat. Au centre de la place se dressait une estrade en bois et un gibet.

Les gardes poussèrent Blade à travers la masse de badauds et de marchands ambulants proposant des produits de la campagne et des vêtements. Ils se retrouvèrent bientôt devant le plus petit des bâtiments en brique et dont l'entrée était surveillée par quatre soldats à l'air un peu moins endormi que ceux qui se trouvaient aux portes de la ville.

— Un client pour le juge Oviedan, grommela le garde au nez busqué.

Il reçut un grognement en guise de réponse et Blade se retrouva à l'intérieur d'une petite salle. Le chef de son escorte les abandonna alors et disparut par une des deux portes. A cet instant, Blade découvrit l'homme qui s'apprêtait sans doute à l'envoyer à la torture.

Les gardes poussèrent Blade jusqu'à un anneau qui dépassait largement du sol de brique et y fixèrent la corde qui reliait ses chevilles.

— Te voici désormais délivré de tout souci d'évasion, laissa tomber Oviedan avec un sourire carnassier, restant néanmoins à bonne distance de lui. Laissez-nous, ajouta-t-il à l'adresse des gardes, et que personne ne vienne me déranger jusqu'à ce que j'appelle.

La pièce était nue, sans aucune décoration, à l'exception d'un cercle d'or de deux bons yards de diamètre fixé sur le mur du fond, recouvert comme les autres d'une couche de peinture rouge. Le mobilier était plus que spartiate puisqu'il se résumait à un meuble à étagères rempli de documents enroulés sur eux-mêmes, à un fauteuil de bois sombre sur lequel était posé un coussin rouge et à un pupitre d'où dépassaient les bords irréguliers d'une grande feuille de papier épais. Une seule fenêtre, dont le rideau avait été tiré, laissait passer la lumière de l'astre « géostationnaire ».

Blade trouva que le lieu ressemblait plus à un antre de magicien ou au sanctuaire d'une secte mystérieuse qu'au bureau d'un juge. Impression accentuée par le parfum d'encens qui montait d'un brûloir métallique suspendu par une chaîne fixée au plafond.

Oviedan lui-même semblait entrer dans ce tableau à l'atmosphère vaguement fantastique. D'âge moyen, l'homme était plutôt grand. Il était vêtu d'une tunique et d'un pantalon noirs rappelant les habits des trois hommes qui avaient capturé Blade. Un soleil d'or ornait également sa poitrine, entre les pans de l'espèce de manteau rouge sang descendant jusqu'à la hauteur de ses genoux qui lui recouvrait les épaules. Contrairement à tous ceux qu'avait pu voir Blade jusque-là, il n'était pas chaussé de sandales mais d'une sorte de bottines noires et pointues.

Il avait un visage triangulaire et des traits anguleux. Sa bouche n'était qu'une mince fente presque dépourvue de lèvres et sous laquelle s'accrochait un petit bouc noir. Ses cheveux très sombres descendaient jusque sous ses oreilles et une mèche rebelle traversait le front, joignant un sourcil incliné vers la racine du nez. Quant à ses yeux, ils étaient si noirs qu'ils ressemblaient à deux trous s'ouvrant dans la peau claire du visage.

Oviedan avait l'apparence de ce qu'il devait être par profession : un inquisiteur.

— Ton nom ? jeta-t-il en allant se poster derrière le pupitre et en prenant de quoi écrire.

— Richard Blade.

Oviedan releva la tête.

— Un nom bizarre...

— C'est normal, je ne suis pas d'ici. Je suis un voyageur qui a été dévalisé et qu'on accuse de je ne sais quel crime !

Les yeux d'Oviedan s'étrécirent.

— Je suis au courant. Tuace m'a rapporté tes propos. Malheureusement pour toi, la loi est la même partout dans le Monde en ce qui concerne les forêts sacrées. Cela tu ne puis ignorer. Aussi, que tu sois un Ashanka ou non n'a aucune importance et, en tant que garant des lois de Kumi, j'ai toute autorité pour te juger et te condamner...

Oviedan se tut et écrivit quelque chose.

— Mais je n'ai fait que chasser pour me nourrir ! s'emporta Blade.

Le juge l'arrêta d'un geste de la main.

— Je crois plutôt que tu étais venu chasser dans la forêt sacrée comme tous les autres maudits braconniers de ton genre ! Quand on sait le prix que paient certaines personnes pour la chair des animaux qu'on ne trouve que près des sanctuaires, rien d'étonnant que des gredins comme toi aillent jusqu'à risquer la torture pour en capturer un ! Si tu croyais tromper ton monde en chassant nu, tu es mal tombé, Richard Blade ! Avoue plutôt tout de suite et j'en tiendrai compte.

— J'aurai droit à une mort rapide, c'est ça ?

— Pourquoi pas ? Je peux en effet aller jusque-là dans ma clémence. Cela vaut mieux que d'avoir les os brisés un à un après avoir été castré et écorché vif, tu ne trouves pas ?

Un frisson traversa la colonne vertébrale de Blade.

— Mais qu'est-ce qu'ils ont, ces animaux, pour que la loi soit si cruelle ?

Oviedan s'arrêta d'écrire et eut un sourire de crocodile.

— Toujours ton petit jeu de l'étranger perdu, hein ? Tu vas me dire que tu ne sais pas que les Lois de Kumi interdisent formellement, et sous peine de mort, de manger tout ce qui vit dans les territoires des sanctuaires ? ! Et quelles que soient les propriétés, que l'on prétend miraculeuses, de la chair de ces animaux sacrés !

Blade masqua son scepticisme tout en disant qu'il était vraiment dans de sales draps et qu'il allait devoir trouver au plus vite un moyen de s'échapper. Du coin de l'œil, il observa le juge qui s'était remis à écrire lentement.

Quelques secondes plus tard, Oviedan releva les yeux et Blade put lire sa condamnation à mort dans son regard.

— Puisque tu as refusé d'avouer, je te condamne à la peine maximale. Le bourreau s'occupera de toi dans deux jours sur la place centrale. Et puisse ton supplice dissuader d'autres hommes d'enfreindre la loi.

Blade allait dire quelque chose lorsque des cris éclatèrent soudain de l'autre côté de la porte.

CHAPITRE IV

Oviedan releva la tête, les sourcils froncés.

— Gardes ! Que se passe-t-il ?

Aux cris s'ajoutèrent alors des bruits métalliques et des hurlements de douleur. Des coups sourds commencèrent à faire trembler la porte.

— Il est là-dedans ! lança une voix de femme derrière l'épais panneau de bois. Défoncez-moi cette maudite porte !

Oviedan quitta son pupitre. Sa main disparut à l'intérieur de sa tunique et ressortit avec un long poignard.

— Libérez-moi, bon sang ! jeta Blade. Vite ! Sinon, nous sommes perdus tous les deux !

Le bois de la porte fut secoué une nouvelle fois et émit un craquement inquiétant.

— Ça y est ! cria la voix de femme. Elle cède !

— Coupez-moi ces maudites cordes ! dit Blade. Vous ne voyez pas qu'on nous attaque ?

Les yeux d'Oviedan devinrent deux petites billes noires.

— Tes complices sont venus te délivrer, hein ? Tu crois que je n'ai pas compris ? Prépare-toi à mourir !

Le poignard du juge se leva sans que Blade puisse faire quoi que ce soit pour lui échapper.

La porte céda à cet instant précis en se fendant de haut en bas. La pièce de bois qui avait servi de bélier tomba au milieu de la pièce avec un bruit sourd. Cette intrusion surprit Oviedan et le poignard dévia légèrement de sa course, ne faisant qu'érafler l'épaule de Blade.

Celui-ci se laissa tomber à terre par réflexe. Bien lui en prit car une lame siffla juste au-dessus de lui pour terminer sa course dans la poitrine d'Oviedan. Le juge se redressa, l'air surpris, porta les mains à sa blessure et tomba à genoux, les yeux cette fois écarquillés.

— Qu'est-ce que..., hoqueta-t-il avant qu'un filet de sang apparaisse à la commissure de ses lèvres. Qu'est-ce...

— Achevez-moi cette crapule ! ordonna la voix de femme.

Blade se contorsionna et réussit à se retourner sur le dos, juste au moment où deux hommes passaient à côté de lui, l'épée à la main. Ils se jetèrent sur Oviedan. Le cri du juge se transforma en gargouillement quand une des lames lui trancha la gorge.

La jeune femme de haute taille et à la chevelure noire en bataille qui s'encadrait dans la porte leva son épée.

— Allez, on file avant que la garde arrive !

— Et celui-là, qu'est-ce qu'on en fait, Naïasha ? demanda un des tueurs en s'arrêtant près de Blade.

La jeune femme eut une brève hésitation.

— On l'emmène avec nous ! Il remplacera Amshar. Les ennemis d'Oviedan sont nos amis. Libérez-le !

Quelques secondes plus tard, Blade se retrouva hors de la pièce. Il eut à peine le temps de voir les quatre cadavres de gardes et celui d'un des assaillants qui baignaient dans des flaques de sang. Les tueurs le poussèrent vers une autre porte, lui laissant à peine le temps de ramasser une épée à la lame rougie. Ils entrèrent dans une pièce plus grande et coururent vers l'escalier qui y donnait.

Enjambant le cadavre d'un homme vêtu d'une toge noire qui gisait sur les marches, le groupe grimpa quatre à quatre vers l'étage supérieur, passant devant plusieurs hommes et femmes terrorisés.

— Sur le toit ! ordonna la femme.

En bas, un brouhaha et des cris indiquèrent qu'on se lançait à leur poursuite.

Ils traversèrent le toit en terrasse en direction d'une échelle de corde fixée au rebord par deux grappins. Un des tueurs s'y engagea, suivi de la jeune femme. Blade fut poussé dans le dos et entreprit de descendre à son tour. Il atterrit en douceur sur le toit d'une maison qui touchait presque l'arrière du bâtiment. Elle n'en était séparée que par une étroite ruelle au-dessus de laquelle se déployait l'échelle.

Les espèces de bambous qui constituaient le toit plièrent légèrement sous son poids lorsqu'il se mit à courir. Derrière lui, le dernier tueur trancha l'échelle d'un coup d'épée, juste à la seconde où des gardes apparaissaient au-dessus du rebord du toit en terrasse.

Sautant d'un toit sur l'autre, Blade et ses compagnons s'éloignèrent rapidement du bâtiment. Blade se porta à la hauteur de Naïasha.

— Comment va-t-on leur échapper ? Dans moins de temps qu'il faut pour le dire, toute la ville sera bouclée !

— Tais-toi et suis-nous ! lança-t-elle, hors d'haleine en montrant l'extrémité du toit sur lequel ils couraient. On saute !

Et elle disparut.

Blade l'entendit toucher le sol dans la rue. Son atterrissage fut salué par des cris. Blade n'hésita pas une seconde et sauta à son tour, imité par les tueurs.

Dans une petite cour intérieure, quatre chevaux attendaient, sous la surveillance d'hommes armés. Lorsque Blade se releva, Naïasha était déjà en selle. A son signal, un des hommes qui les avaient attendus se précipita pour ouvrir la porte.

— Disparaissez ! lança la jeune femme en éperonnant sa monture. Que Satoth vous garde !

Blade enregistra l'information et se rua à la poursuite de Naïasha. Les quatre cavaliers traversèrent en trombe les rues d'Isek. Il ne leur fallut que quelques minutes pour arriver devant une des trois portes permettant de traverser l'enceinte du centre ville. Juste pour voir des gardes se précipiter en poussant une charrette pour leur bloquer le passage.

— On n'y arrivera pas ! jeta la jeune femme en tirant sur ses rênes. Ces salopards ont été plus rapides que nous !

Blade regarda autour de lui. Si dans moins de dix secondes ils n'avaient pas trouvé une solution, ils étaient fichus. Soudain, il aperçut une charrette vide adossée contre le mur bas.

— Suivez-moi ! s'exclama-t-il. Vite, bon sang ! ajouta-t-il en voyant l'hésitation de Naïasha. A la charrette !

Repoussant d'un coup d'épée un garde qui s'était précipité, Blade poussa son cheval jusque devant le plan incliné formé par la charrette abandonnée. Ses talons claquèrent contre les flancs de l'animal en priant pour que celui-ci ne renâcle pas devant l'obstacle.

Les sabots du cheval glissèrent un peu sur le plateau mais la bête donna un dernier coup de reins et réussit de justesse à franchir les trois yards du mur. De l'autre côté, il retomba au beau milieu d'une minuscule basse-cour. Blade ne laissa pas le temps à sa monture de reprendre ses esprits et la força à sauter la clôture toute proche.

Au moment où il arriva dans la rue, il se retourna et vit que Naïasha venait de réussir son saut. Un instant plus tard, le premier des tueurs se retrouva à son tour parmi les petits animaux, pris de panique, qui couraient en tous sens. Mais son compagnon n'eut pas cette chance. Son cheval refusa de sauter et il retomba en arrière dans un bruit de bois cassé. L'homme poussa un cri auquel répondirent ceux des gardes qui venaient de lui sauter dessus.

— On ne peut plus rien faire pour lui ! Partons avant qu'il ne soit trop tard ! s'écria Naïasha.

Personne n'essaya de se mettre en travers de leur chemin alors qu'ils fonçaient dans la grande rue du faubourg, poursuivis par des gardes à cheval.

Les gardes ne parvinrent pas à les rattraper. La différence d'entraînement entre eux et les fugitifs était trop grande pour ça. Pourtant, tout au long de leur fuite, Blade ne put s'empêcher de lutter contre l'impression désagréable que le monde entier les suivait des yeux à partir du paysage qui montait de toute part autour d'eux...

Au bout de deux heures, Naïasha décida qu'ils ne risquaient plus rien et ralentit la course pour économiser les forces des chevaux.

Le petit groupe s'enfonça bientôt dans une forêt en suivant un sentier qui se faufilait entre les troncs des arbres aux feuilles bicolores et dans la mer d'herbes pointues qui recouvrait le sol. Ils arrivèrent peu après sur les berges d'une rivière assez large. La jeune femme descendit prestement de sa monture et se dirigea vers l'eau.

— J'espère que Vander ne va pas tarder ! jeta-t-elle. Le jour où il sera à l'heure à un rendez-vous...

Elle se retourna alors et se dirigea vers Blade qui venait de mettre pied à terre en même temps que les deux hommes. Blade remarqua qu'elle se déplaçait avec la souplesse d'un combattant professionnel. Et avec une grâce féline parfaitement en accord avec son physique plutôt attirant et sa crinière noire. Ses vêtements, d'un gris volontairement anodin comme ceux de ses compagnons, ne parvenaient pas à dissimuler une poitrine ample et ferme, pas plus que des hanches épanouies.

— Merci de m'avoir tiré des griffes d'Oviedan, dit Blade.

Un rapide sourire passa sur les lèvres charnues de Naïasha. Elle avait un visage triangulaire, des traits durcis par un nez droit et de grands yeux verts au regard froid.

— Tu as eu de la chance, c'est tout, se contenta de répondre la jeune femme avant de se tourner vers les deux hommes.

— Dask, tu vas te poster un peu plus haut sur la rivière et tu nous avertis dès que tu vois arriver Vander. Quant à toi, Welkir, tu vas faire le guet le long du chemin qu'on vient d'emprunter. On ne sait jamais...

Le dénommé Dask, un gaillard au physique impressionnant et à la tête si massive qu'elle paraissait presque cubique, s'éloigna, obéissant sans rien dire. Ce qui ne fut pas le cas de l'autre homme, aussi grand mais plus fin, et affligé d'une maladie qui avait remplacé son œil gauche par un globe blanchâtre.

— Naïasha, tu n'as pas peur que cet homme...

La jeune femme le congédia d'un geste exaspéré.

— Depuis que mon père lui a demandé de veiller sur moi, il ne me lâche plus d'une semelle ! grommela-t-elle en regardant l'homme s'éloigner. Comme si je ne pouvais pas me débrouiller toute seule !

Elle se tut quelques secondes avant de se retourner vers Blade.

— J'espère que nous ne sommes pas dans une forêt sacrée de Kumi..., laissa tomber celui-ci.

— Pourquoi ça ? fit la jeune femme en fronçant ses sourcils soigneusement entretenus, apparemment la seule concession qu'elle avait fait à toute forme de maquillage.

— Parce qu'on m'a surpris dans l'une d'elles. J'avais eu le malheur de manger un poisson et c'est pour ça qu'Oviedan s'apprêtait à me livrer à son bourreau.

Naïasha secoua la tête.

— C'est pour ça que nous luttons contre eux ! Kumi n'a rien d'un dieu. Ce n'est rien d'autre qu'une grosse lampe suspendue au-dessus de nos têtes et elle n'a pas besoin des simagrées des Fous de Kumi pour se rallumer tous les matins. Arandayan l'a dit et c'est la pure vérité !

— Arandayan ?

La jeune femme le regarda comme s'il avait posé la question la plus stupide de la semaine.

— Celui Qu'On Attendait. Tu n'as peut-être jamais entendu parler du Prophète de Satoth ?

Blade préféra éluder le problème par une autre question, volontairement provocatrice :

— Les adorateurs de Satoth ne sont pas très larges d'idées, à ce qu'on dit.

Naïasha leva ses grands yeux vers la voûte des arbres.

— Parce que nous refusons la décadence qui a envahi chaque recoin du Monde ? Parce que nous voulons faire comprendre que Satoth est le seul vrai dieu et que n'importe qui d'honnête peut le constater ?

— Ce n'est pas en assassinant...

La jeune femme l'interrompit :

— Oviedan était une crapule qui a envoyé mon frère à la torture et je trouve que sa mort n'a été que trop rapide ! Et puis, n'oublie pas que sans ça...

La grande silhouette de Dask réapparut à ce moment-là.

— Vander arrive !

Naïasha poussa un soupir de soulagement.

— Enfin ! Va chercher Welkir !

Quelques minutes plus tard, un cavalier tirant derrière lui quatre chevaux attachés ensemble apparut le long de la berge. Le cavalier agita la main en les voyant.

L'homme sauta à terre. Ses longs cheveux étaient réunis dans son cou par une lanière de cuir et il était vêtu d'habits rouges et bleus particulièrement voyants.

— Vander, je croyais que tu devais nous attendre à partir de l'arrivée de la lumière ! Et qu'est-ce que c'est que cette tenue de bateleur ?

Vander écarta les mains et une expression désolée se peignit sur son visage espiègle.

— Le fait que tu sois là prouve que tu as

réussi à semer tes poursuivants, non ? Oviedan a donc rejoint les enfers ?

— Oui, répondit sèchement la jeune femme. Pourquoi es-tu vêtu comme ça, par Satoth ?

Le cavalier sourit.

— Je ne pense pas que ma tenue gêne qui que ce soit dans cette forêt. Et qui me prendrait pour un comploteur, hein ? Mais qui c'est celui-là ? demanda-t-il tout à coup en découvrant Blade. Et il manque du monde, on dirait...

— Blade a failli être la dernière victime d'Oviedan. Les autres sont morts pendant l'attaque.

Vander s'approcha de Blade et lui tâta les biceps.

— Si c'est une recrue, elle a l'air d'être de choix. Je regrette de ne pouvoir faire pus ample connaissance..., ajouta l'homme en faisant descendre sa main sur l'avant-bras de Blade.

— Cesse tes simagrées, dit Naïasha. J'ai peur que lui et toi ne partagiez pas les mêmes goûts. Allez, dépêchons-nous !

Vander s'éloigna à regret de Blade. Il réunit les quatre chevaux fatigués et fit signe aux autres de prendre les frais qu'il venait d'amener.

Une fois en selle, Naïasha s'approcha de lui, l'air un peu moins sévère.

— Merci pour ton aide, l'ami. Ta récompense t'attend à l'endroit prévu. Bonne chance !

— A toi aussi. Et dis au Prophète d'avoir une petite pensée pour moi.

Sur ce, il tendit ses rênes et repartit dans la direction par laquelle il était venu.

— Vous avez beaucoup d'agents comme lui ? s'enquit Blade.

— Dans tous les pays, sauf les plus éloignés, ceux qui se trouvent de l'autre côté de Kumi. Mais un jour, la parole de Satoth finira par les atteindre. Le jour où notre pays sera assez fort pour la porter jusqu'à l'autre bout du Monde !

Naïasha s'éloigna et Blade la rattrapa alors qu'elle s'engageait, le long de la rivière, dans la direction opposée à celle prise par l'homme vêtu de rouge. Dask et Welkir prirent en silence la file derrière eux.

— A quoi as-tu vu que je ne partageais pas l'attirance de Vander pour les hommes ? demanda Blade à la jeune femme.

Naïasha eut un sourire amusé. Le premier depuis leur rencontre.

— A ce que je lis dans tes yeux quand tu me parles. Tu es plutôt bel homme mais il te faudra mériter ce que tu as envie de faire...

Blade ne trouva rien de spirituel à répondre et reprit sa place dans la file pour éviter une branche basse.

CHAPITRE V

Maklin eut un haut-le-cœur en découvrant le spectacle du carnage. Personne n'avait touché aux corps des gardes, ni à celui du juge, ni à celui de l'assaillant tué au cours de l'attaque. Maklin s'approcha de ce dernier et tenta en vain de l'identifier, de le reconnaître.

— Un autre des tueurs a été abattu alors qu'il essayait de franchir l'enceinte de la cité, fit l'officier des gardes qui se trouvait à côté de lui. Vous désirez voir son cadavre ?

Maklin hocha sa tête d'oiseau de proie déplumé.

— Évidemment. Mais j'aurais plutôt préféré pouvoir l'interroger...

En tant que Doyen d'Isek, Maklin était aussi responsable de la sécurité de tous les citoyens, y compris, et surtout, de celle du juge de Kumi. Et voilà que celui-ci s'était fait abattre comme un chien, en plein jour et dans son propre bureau...

On lui apporta le cadavre du deuxième

tueur. Mais pas davantage il ne put lui mettre un nom dessus.

— Expliquez-moi exactement comment cela s'est passé, ordonna-t-il à l'officier.

Le soldat haussa les épaules, l'air embarrassé. Lui aussi savait qu'on n'allait pas tarder à lui demander des comptes.

— Oviedan était en train d'interroger un braconnier surpris dans la forêt sacrée de Tsink. L'homme s'est enfui avec les tueurs. Peut-être étaient-ils venus le délivrer ?

Maklin ferma les yeux.

— On ne prend pas un tel risque pour tirer un vulgaire braconnier d'affaire. Celui-ci n'a fait que profiter de l'occasion, voilà tout. Non, je me demande s'il ne faudrait pas chercher plutôt du côté des adorateurs de Satoth.

— J'ai entendu la femme qui les commandait jurer par le nom de ce faux dieu ! intervint un des gardes qui avait amené le cadavre du cavalier tué près de l'enceinte.

— Qu'est-ce que je te disais..., laissa tomber le vieux magistrat en regardant l'officier. Cette fois, ces traîtres sont allés trop loin. Je vais envoyer un message à Langar. Et fais interroger tous ceux qui les ont vus de près ou de loin. Espérons que quelqu'un ait pu reconnaître cette femme, ajouta-t-il sans grande conviction.

Kusco, la capitale ashanka, était distante d'environ trois cents milles d'Isek seulement. Mais Maklin avait demandé qu'on envoie l'oiseau le plus rapide. Le messager ailé se posa devant l'entrée du colombarium moins d'une heure et demie après son départ, après avoir louvoyé entre les tours de la Maison du Gouvernement, une forteresse datant du temps où les guerres ravageaient la région.

Le ruban rouge qui entourait le cou de l'oiseau indiquait qu'il portait un message de la plus haute urgence. Le préposé à la messagerie s'empara donc immédiatement du rouleau de papier accroché aux pattes de l'animal et courut le porter à son supérieur. Cinq minutes plus tard, le message se trouvait entre les mains boudinées de Langar, l'homme qui veillait depuis une demi-douzaine d'années sur les destinées du pays.

Le physique épais de Langar et sa tête joufflue et chauve dissimulaient une volonté de fer doublée d'une intelligence politique certaine qui lui avaient permis de prendre le pouvoir à la suite d'un coup d'État mémorable. Depuis son accession au poste suprême, Ashanka avait cessé d'être sous la coupe des Wisingers, ses plus puissants voisins, et cela faisait maintenant trois ans que le pays n'avait plus connu la moindre guerre en dehors d'une expédition punitive à grande échelle contre les pirates de la Mer Mauve qui désormais évitaient comme la peste les navires portant pavillon ashanka.

Langar reposa le petit rouleau et fit signe à son secrétaire de s'approcher.

— Réunion immédiate du Conseil Restreint. D'autre part, je veux que tu envoies un message à ce Maklin pour lui ordonner de faire relever immédiatement de son poste le responsable de la garde d'Isek. Qu'il trouve quelqu'un à poigne pour le remplacer car, au prochain écart, c'est sa tête à lui qui sautera ! Allez, ne perds pas une minute !

Sur ce, Langar dégagea son corps adipeux de son fauteuil et se leva. Il remit en place les plis de sa toge émeraude ourlée de motifs argentés. Le vêtement descendit jusqu'au sol, dissimulant les pieds enveloppés dans des sandales de cuir. Langar détestait ses pieds tordus par les rhumatismes et exigeait toujours que ses vêtements les cachent totalement sans pour autant traîner sur le sol.

Le secrétaire revint bientôt avec le message à l'attention de Maklin. Langar le relut, puis apposa son sceau de cire en bas du texte dont les formules de courtoisie ne parvenaient pas à gommer la sécheresse de ton.

— Va le porter au colombarium et que Beran choisisse son volatile le plus rapide pur l'emporter à destination.

Le maître d'Ashanka regarda partir son secrétaire d'un œil distrait. Toutes ses pensées étaient tournées vers la manière dont il allait, le temps venu, faire payer leur incompétence crasse aux gardes d'Isek. La paix les avait vraiment transformés en fonctionnaires indolents, incapables d'arrêter une poignée d'assassins conduits par une femme !

Et, aussi loin que remontaient ses souvenirs, jamais personne ne s'était permis de tuer froidement, à Ashanka, un juge de Kumi dans l'exercice de ses fonctions ! Le message disait que c'était probablement un coup des adorateurs de Satoth.

— Cette fois, ces infidèles ont dépassé les bornes..., songea à voix haute Langar en se dirigeant vers la porte. Il va falloir le leur faire comprendre !

Puis il se dit, qu'après tout, ce n'était pas une si mauvaise chose que ça puisque cela allait donner enfin l'occasion d'aller leur régler leur compte et de libérer l'île de Qar qui était tombée sous leur coupe depuis que ce vieux sénile de Darlen était devenu un adepte du culte de Satoth... En détruisant ce nid de serpents, on mettrait enfin un terme à la contagion qui progressait partout.

Et on dérouillerait les articulations de tous ces soldats qui s'ennuyaient à rien faire dans leurs casernements.

Mais avant ça, il fallait faire croire, pour la forme, à tous les intrigants du Conseil qu'ils avaient la voix au chapitre...

Benkir ferma son œil unique, l'autre ayant été perdu bien des années plus tôt au cours d'une rixe d'ivrognes déclenchée par une histoire de femmes. Quand il le rouvrit, Langar avait disparu de son fauteuil perché sur le socle qui faisait la différence entre le commun du Conseil et le maître du pays.

D'innombrables chuchotements couraient tout autour de la table ovale, passant d'une bouche à l'autre avec une rapidité bien différente du mutisme gélifié qui avait prévalu tant que Langar était là. Benkir n'eut que mépris pour ce Conseil de potiches. Il aurait dû ressentir la même chose pour lui-même mais, à chaque fois qu'il cautionnait une décision du despote, il s'en lavait les mains en se disant qu'il travaillait pour que la lumière de Satoth vienne un jour remplacer celle de cette grosse lampe de Kumi.

Benkir émit un long soupir d'agacement, repoussa d'un geste de la main la question de son voisin de droite et se leva. Ses articulations se déplièrent lentement avec de petits craquements internes. Les autres membres du Conseil étaient si préoccupés à trouver une justification à leur lâcheté face à l'homme qui venait de décider de jeter son pays dans une guerre insensée contre Qar qu'ils ne le virent même pas quitter la salle au plafond voûté.

Une demi-heure plus tard, un messager sortit discrètement de la Maison du Gouvernement. Il portait une lettre en langage codé parfaitement anodine d'apparence. Une fois dans les faubourgs de la capitale, il trouva un cheval qui l'attendait dans une cour et partit à bride abattue en direction des rives de la Mer Mauve.

L'utilisation des oiseaux étant trop dangereuse et trop peu discrète, c'était là le seul moyen dont disposait Benkir d'avertir le Prophète de Satoth. Pour qui il espionnait le Conseil depuis plusieurs années.

Mais qu'est-ce qui leur avait pris de venir assassiner, en plein jour, un juge de Kumi ?

CHAPITRE VI

Deux jours plus tard, Blade et ses compagnons arrivèrent dans un minuscule port de pêche blotti dans une base de la côte rocheuse. La mer, qui s'étendait si loin qu'elle disparaissait dans l'éternelle zone de brume lointaine qui servait d'horizon à l'envers, arborait une curieuse teinte légèrement mauve.

Les navires au large formaient des points sombres, un peu comme des insectes essayant de grimper le long de la courbe d'un immense bol. Blade détourna les yeux : décidément, il ne se ferait jamais à ce paysage qui semblait toujours sur le point de se refermer sur lui.

Le port s'appelait Dongi. Il n'avait vraiment rien de particulier et n'était qu'un ramassis de cabanes en bois jetées au hasard tout autour de la plage de sable jaune paille. Quelques longues barques avec un flotteur latéral étaient tirées à terre pour divers travaux de réfection, mais le gros de la flottille locale se trouvait en mer. Abandonné la journée par ses pêcheurs, Dongi n'affichait plus que ses vieux, ses femmes et ses gamins.

Naïasha s'arrêta à l'orée de la plage. La veille au soir, le petit groupe s'était débarrassé de ses montures trop voyantes pour se métamorphoser en une poignée de pèlerins désireux d'aller rendre visite au sanctuaire de Satoth sur l'île de Qar.

Si les hommes avaient conservé leurs vêtements, la jeune femme, elle, avait troqué les siens contre une robe fatiguée à la couleur terne. Et si son épée se trouvait désormais dissimulée dans ses maigres bagages enveloppés dans une couverture, il n'en était pas de même pour son poignard qu'elle portait caché sous ses seins.

Naïasha secoua sa crinière noire.

— J'espère que nous trouverons très vite une embarcation pour aller à Tanner. Sinon il faudra reprendre la route et faire un long détour...

La jeune femme se dirigea vers le vieux qui paraissait surveiller les bateaux tirés sur la plage, surtout pour empêcher les enfants de monter dedans.

— Vous voulez passer par la mer ? grommela l'homme entre ses mauvaises dents. Il va vous falloir attendre le retour des pêcheurs dans l'après-midi.

— Mais on va perdre une demi-journée ! jeta Naïasha.

Le vieux hocha la tête.

— C'est sûr, mais mon fils vous fera un bon prix et vous serez à Tanner pour la nuit alors que, par la route, vous n'y seriez arrivés que demain soir. Et les routes sont mal fréquentées, en ce moment...

— Des bandits ? fit la jeune femme en fronçant les sourcils.

Le vieil homme la dévisagea, jeta un coup d'œil aux hommes qui l'accompagnaient.

— Des bandits, je n'en sais rien, mais des gardes, ça c'est sûr. Ils ont l'air d'être sur les dents depuis ce matin et on dirait qu'ils cherchent quelqu'un...

Il y eut un court silence, uniquement perturbé par le ressac le long de la petite plage en croissant de lune.

— Vous êtes des pèlerins ? demanda enfin le vieux.

— Oui, dit Blade. Et nous sommes pressés d'aller à Qar. C'est pour ça que nous cherchons un bateau, pour gagner du temps, jusqu'au port d'embarquement.

Naïasha lui jeta un regard bizarre. Mais Blade vit la lueur amusée qui traversa alors ses yeux verts.

— Alors, revenez cet après-midi. Je préviendrai mon fils dès son retour.

Ils abandonnèrent le vieux qui les regarda partir en hochant la tête.

— On dirait que tu as eu une bonne idée de

vouloir éviter la route..., dit Blade à la jeune femme.

— Je suis sûre que c'est nous que cherchent les gardes, rétorqua Naïasha. Et ce vieux se doute de quelque chose.

— On devrait filer, laissa tomber Dask.

La jeune femme secoua la tête.

— Ces gens sont trop pauvres pour se passer de notre argent.

— On dirait que les nouvelles vont vite, intervint Blade.

Naïasha haussa les épaules. Elle paraissait soudain soucieuse, comme si elle venait de découvrir un problème inattendu.

— Les gens d'Isek ont dû avertir les gardes de Tanner avec un oiseau-messager. Ça veut dire qu'ils se doutent de notre destination et donc qu'ils pensent que nous sommes des fidèles de Satoth.

Blade se rapprocha d'elle alors qu'ils parvenaient en haut de la plage, là où les pauvres cabanes étaient les plus serrées les unes contre les autres.

— Ce n'est pas précisément ce que tu voulais ? La mort d'Oviedan ne devait pas être un attentat signé ?

L'air sombre de la jeune femme fit quelques pas avant de répondre.

— J'ai juste vengé mon frère que cette ordure avait fait torturer, c'est tout. Personne à Qar ne sait que nous sommes là...

Blade fronça les sourcils.

— A t'entendre, on dirait qu'il ne faudrait pas que cette histoire s'ébruite...

— Le Prophète nous a toujours interdit d'attaquer les premiers, répondit Naïasha. Il ne veut pas que nous passions pour des sauvages assoiffés de sang. Mais comment ont-ils compris qui nous étions ? s'emporta-t-elle tout à coup.

— Quelqu'un vous a sans doute entendu jurer, répondit Blade avec logique. Je ne vois que ça. Je ne crois pas que ton compagnon abattu au moment de passer l'enceinte ait pu parler...

— Mais ça ne constitue pas une preuve, par Satoth ! gronda la jeune femme à voix basse.

— Tant que tu pourras faire croire aux tiens que tu étais ailleurs au moment du meurtre, sans doute pas..., répondit Blade.

Derrière eux, Dask et Welkir échangèrent un regard inquiet.

— Voilà, nous y sommes..., annonça le patron de l'embarcation en faisant signe aux rameurs de lever leurs avirons.

Quelques secondes plus tard, la coque toucha terre avec un léger crissement.

Désolé de ne pas vous emmener plus loin mais je ne peux pas risquer ma barque dans le port. Elle représente toute la fortune de ma famille...

— Je comprends, dit Naïasha.

Elle tendit alors les trois pièces d'or promises. Le pêcheur les prit, les montra à ses quatre rameurs pour qu'il n'y ait pas de contestation, puis les empocha.

La barque s'éloigna et disparut rapidement derrière un éperon rocheux. Sous la lumière spectrale dispensée la nuit par Kumi, la Mer Mauve luisait de mille petites étincelles. Plusieurs navires étaient en vue, certains très éloignés, mais toujours visibles sur la courbure de la mer partant se perdre en hauteur.

A une heure de marche de là se dressait la masse du port de Tanner piquetée d'innombrables taches de lumière. Les quais faisaient le tour d'un bassin presque rectangulaire et des navires de toutes tailles se pressaient contre eux. Même à cette heure avancée, le travail ne semblait pas s'être arrêté.

Au-delà du port se déployait la ville elle-même. Tout comme Isek, elle avait proliféré au-delà de son ancienne muraille et de nombreux hangars surgissaient çà et là dans les faubourgs de maisons basses. Dans le centre de Tanner s'élevaient quelques bâtiments massifs et une demi-douzaine de tours élancées aux airs de minarets. Chacune d'elles supportait sur son sommet une sphère dorée. L'emblème de Kumi.

Blade se pencha et jeta un coup d'œil en

direction de la route qui pénétrait dans les faubourgs. Quelques charrettes se pressaient en direction de la ville mais ce n'était pas tout.

— Il y a un barrage de soldats, dit Blade en retrouvant ses compagnons. Il vaudrait mieux éviter de passer par là. Naïasha, il faudrait que tu dissimules le mieux possible ton imposante chevelure... Son signalement a dû être donné à tous les soldats de la région.

— On n'a qu'à passer par les champs et rentrer comme ça dans le faubourg, suggéra Dask. Et si un de ces maudits soldats essaie de nous en empêcher, je lui ferai son affaire !

— Et que feras-tu quand il faudra passer une des portes intérieures de la cité ? jeta Naïasha d'une voix agacée. Je te rappelle que c'est nécessaire pour accéder au port !

— On aurait dû obliger ces maudits pêcheurs à nous donner leur barque ! rétorqua Dask. Au moins on aurait pu tenter d'entrer dans le port par la mer et nous y cacher jusqu'à l'appareillage du premier bateau pour Qar.

Naïasha lui jeta un regard mauvais.

— Je n'ai pas la même notion de la reconnaissance que toi... Et je n'ai pas pour habitude de dévaliser les gens qui me rendent service !

Blade s'avança entre eux pour leur faire signe de baisser la voix et pour calmer le jeu.

— Au lieu de nous quereller, nous ferions

mieux d'essayer de trouver une ruse pour passer tous ces barrages de gardes jusqu'à l'enceinte intérieure, non ? Je crois que j'ai une petite idée.

Les trois gardes marchaient en discutant sur le chemin qui allait rejoindre la route un peu plus loin après être passé tout près de la côte. Tous maudissaient cette histoire d'assassinat qui risquait de les éloigner pour plusieurs jours et, surtout, plusieurs nuits, des plaisirs de l'existence qui étaient les leurs dans le quartier chaud de Tanner.

Au moment où le chemin contournait un bouquet d'arbres posé au milieu d'un damier de champs tirés au cordeau, le trio entendit une voix qui les appelait.

— Alors, les amis, on fait des heures supplémentaires ?

Avant même qu'ils aient eu le temps de répondre, ils virent un homme de grande taille aux cheveux courts et légèrement bouclés sortir du bosquet.

Les trois gardes tirèrent leur épée mais Blade leva les mains en signe de bonne volonté.

— Comme vous y allez ! J'ai juste un couteau sur moi, pas un arsenal.

— Qu'est-ce que tu veux ? grogna le plus grand des soldats, qui était également d'une corpulence impressionnante, sans pour autant rengainer son arme.

Blade eut un sourire.

— Simplement tout ce que vous avez sur le dos, les amis...

Les trois gardes ricanèrent avec mépris. Mais soudain deux ombres jaillirent dans leur dos. Il y eut une courte série de bruits sourds puis les deux hommes s'écroulèrent comme des pantins disloqués sur la terre du chemin.

— Bien joué ! lança Blade à Dask et Welkir. Vite, tirons-les dans le bosquet avant qu'on nous voie.

Ils retrouvèrent Naïasha qui eut un sourire en voyant les trois corps inertes.

— Tu es quelqu'un d'efficace, fit la jeune femme en regardant Blade.

— Nous n'avons fait que le plus simple, rétorqua celui-ci en entreprenant de défaire le ceinturon d'un des gardes. Dask, j'espère que l'uniforme du gros t'ira. On n'a rien d'autre en magasin...

Un instant plus tard, les uniformes de toile renforcée avaient changé de propriétaire. Les gardes gisaient nus sur le sol.

— On ne peut pas les laisser comme ça... déclara Naïasha.

— Il faut les attacher, décida Blade. Nous ferons des liens avec nos anciens vêtements.

Lorsqu'ils se retrouvèrent sur le chemin, personne, dans la demi-obscurité semblable à celle d'un clair de lune terrestre, n'aurait pu faire la différence avec les vrais gardes, sauf à s'approcher de très près.

Blade posa la main sur l'épaule de Naïasha.

— Prête à jouer ton rôle de prisonnière ?

La jeune femme hocha la tête et passa les mains dans son dos. Pendant que Blade attachait les poignets sans serrer la cordelette trouvée sur une de leurs victimes, Dask s'éclipsa à l'intérieur du bosquet en prétextant un besoin urgent. Il y eut quelques craquements puis l'imposant Qari réapparut en se frottant les mains.

— Allons-y, dit Blade en le suivant des yeux, les sourcils froncés par une sinistre intuition.

Soudain il s'arrêta et demanda qu'on l'attende. Il courut à l'intérieur du bosquet. Il ne tarda pas à revenir, un masque de colère sur le visage.

— Pourquoi as-tu fait ça ! jeta-t-il en prenant Dask par le col de sa tunique d'uniforme. Pourquoi leur as-tu brisé la nuque ! C'est Satoth qui t'a inculqué ces mœurs de barbare ?

— Il a eu raison ! intervint Naïasha. Et Satoth n'a rien à voir avec ça ! On ne peut pas prendre le moindre risque et ces trois hommes n'étaient de toute façon que de la racaille. Et maintenant, partons !

Blade serra les poings et prit la tête du

groupe. Derrière lui, la jeune femme prit place entre Dask et Welkir.

Ils tombèrent sur le premier barrage à l'entrée du faubourg. Les huit soldats étaient en train de fouiller de fond en comble un lourd chariot dont une partie du chargement de légumes et de bottes de paille se trouvait sur la chaussée. Derrière, deux charrettes attendaient de subir le même sort sans que leurs conducteurs furieux aient le courage d'émettre la moindre réflexion à haute voix.

— A nous de jouer..., laissa tomber Blade en se retournant vers ses compagnons.

Le petit groupe accéléra le pas, dépassa les deux charrettes et fonça en direction du barrage.

— Hé ! lança un des soldats en reposant une botte de paille. Qu'est-ce qui...

Blade leva la main.

— Nous avons capturé une femme qui ressemble à celle qu'on recherche. Regardez !

Sur ce, il se retourna et sans ménagement empoigna Naïasha par sa crinière.

Alertés, les autres soldats abandonnèrent la fouille du chariot et s'approchèrent à leur tour, certains l'épée à la main.

— Ça alors ! s'exclama l'un d'eux. C'est vrai qu'elle ressemble à la description. Surtout ses cheveux ! Une tignasse comme ça, c'est pas courant.

— Ni des seins de ce calibre, ajouta un autre en caressant furtivement la poitrine opulente de Naïasha. Je la fouillerai bien, cette garce.

La main imposante de Dask saisit son poignet et le lui écrasa comme un étau. L'homme gémit de douleur.

— Je ne crois pas que ce genre de plaisanterie plairait beaucoup à ceux qui attendent cette femme, jeta Blade après avoir fait signe à Dask de relâcher sa proie.

Le garde le défia du regard puis comprit à qui il avait affaire et cracha par terre.

— C'est bon, on va vous accompagner jusqu'à la prison. Au fait, et ses complices ?

— Ils se sont enfuis quand on l'a capturé, mentit Blade. On en a blessé un. Mais je crois que c'est elle le chef de la bande. En tout cas, pendant qu'on les observait, c'était elle qui donnait les ordres...

Le garde se frotta une fois de plus le poignet puis haussa les épaules.

— Très bien. Vous raconterez tout ça à Cowen. C'est lui l'officier de garde cette nuit à la prison. Si c'est vraiment la fille qu'ils cherchent, il y aura sûrement quelques pièces d'or pour vous, bande de veinards, ajouta-t-il avait une familiarité soudaine, comme si l'incident avec Dask n'avait pas eu lieu.

— Si tu crois qu'on va te rincer la gorge

dans une taverne pour fêter ça, tu te fourres le doigt dans l'œil, grogna Blade avant d'empoigner la jeune femme par le bras et la pousser devant lui sans ménagements.

Dès qu'ils eurent passé la porte de l'enceinte intérieure, Blade chercha un moyen de se débarrasser discrètement des cinq gardes qui ne les lâcheraient plus d'une semelle avant d'arriver à la prison. Sans doute espéraient-ils, malgré tout, récupérer quelques miettes de récompense simplement pour avoir été là au bon moment...

Les rues de Tanner étaient tout aussi colorées que celles d'Isek, mais l'air de la mer rendait plus supportables les effluves nauséabonds qui montaient des égouts à ciel ouvert. La ville bénéficiait d'un éclairage public rustique, de grosses lampes à huile enfermees dans les globes de verre jaune perches au sommet de poteaux.

Décidément, se dit Blade, le culte de Kumi se nichait partout...

C'est à cet instant qu'il entrevit enfin la possibilité de se débarrasser des gardes qui les accompagnaient.

CHAPITRE VII

Gelb, le messager que Benkir avait envoyé de Kusco, décida qu'il avait amplement le temps de se restaurer et de boire un verre dans la taverne devant laquelle il venait de s'arrêter. Il avait appris que le prochain bateau pour Qar, *L'Opale de Blaski,* ne partait qu'au petit matin, dès que la lumière de Kumi se remettait à briller.

Le messager jeta un dernier regard sur la forêt de mâts qui s'élevait dans la nuit derrière lui puis poussa la porte de l'établissement installé tout près du quai principal de Tanner. L'enseigne représentant une femme nue étreignant un poisson aussi gros qu'elle se balança légèrement lorsque Gelb fit claquer le battant de bois derrière lui.

Gelb se retrouva dans une salle aux murs de bois décorés de filets et de têtes d'animaux marins empaillés. En dépit de l'heure, l'établissement était encore loin d'être plein. Gelb choisit une table en retrait et s'installa sur sa chaise avec un soupir de satisfaction. Le voyage à bride abattue depuis la capitale l'avait laissé fourbu et les quelques heures à venir allaient lui permettre de prendre un repos bien mérité sans que cela nuise à sa mission qu'il devinait importante.

Sans même y penser, il vérifia la présence du message à l'intérieur de sa ceinture. Puis il fit signe à la serveuse rousse aux traits lourds qui ne refusait sûrement pas de consoler les marins de passage quand ils avaient du vague à l'âme...

La charrette bloquait presque totalement la rue que venaient d'emprunter Blade et ceux qui l'accompagnaient. L'unique lampadaire à huile qui se dressait entre eux et le véhicule dont la roue gauche venait de se briser jetait une lueur spectrale sur la scène. Le conducteur de la charrette donna un coup de pied rageur dans la roue, comme si cela pouvait la réparer, écarta les gamins et les quelques badauds attirés par l'incident, puis s'arrêta au milieu de la route en poussant un chapelet de jurons.

— On va faire demi-tour, dit Capir, le garde à qui Dask avait failli briser le poignet.

— Pourquoi ? s'étonna Blade qui commençait à concevoir un plan. Passons plutôt à droite de cette maudite carriole. Entre elle et le mur.

La main du dénommé Capir se crispa sur la sangle de poitrine de son baudrier.

— D'accord ! D'accord... Après tout, c'est ta prisonnière !

Blade se pencha alors vers Naïasha, comme pour vérifier ses liens.

— Attention..., souffla-t-il à son oreille.

Puis il se redressa et fit un clin d'œil à Dask, lequel donna un léger coup de coude à Welkir, dont le globe blanchâtre luisait dans son orbite gauche.

Le conducteur interrompit sa vocifération d'injures en découvrant les gardes qui s'avançaient vers lui. Les badauds s'écartèrent pour les laisser passer. Blade s'engagea le premier dans l'étroit passage s'ouvrant entre la charrette et le mur, suivi par Naïasha, Wilke, les cinq gardes et Dask.

Dès que le géant se retrouva entre le mur et la charrette, Blade se retourna.

— A toi de jouer !

Dans la seconde qui suivit, le poing de Dask, aussi massif qu'un marteau, s'abattit sur la nuque du garde juste devant lui. Il y eut un craquement sinistre des vertèbres et l'Ashanka s'effondra. Dask l'empoigna, le souleva et le jeta en arrière avant d'écraser le nez du garde suivant qui venait de se tourner pour voir ce qui se passait.

De son côté, Blade avait tiré Naïasha pour la faire passer devant. D'un geste sec, il la libéra de ses liens. La jeune femme tira son poignard de sous ses vêtements, la seule arme qu'elle avait conservée, et courut vers un des passants, qui s'apprêtait à appeler de l'aide, pour le faire taire.

— Ces hommes sont des faux gardes ! clama Blade en montrant Capir et le dernier soldat que Dask et Welkir n'avaient pas encore envoyé dans un monde meilleur. Aidez-nous !

Comme Blade l'avait prévu, ses paroles semèrent le trouble chez le conducteur de la charrette et les autres. Capir tenta de crier quelque chose mais le poignard de Welkir lui traversa la gorge. Au même instant, Dask brisa la nuque du dernier survivant. L'action n'avait pas pris plus de trente secondes.

Blade enjamba rapidement les corps inertes et s'approcha du conducteur de la charrette.

— Nous devons absolument avertir tout de suite les autorités de ce qui vient de se passer. Ces hommes étaient des espions qui ont tué le juge Oviedan à Isek !

Le conducteur et ceux qui l'entouraient le regardèrent avec de grands yeux.

— C'est pour ça qu'il y avait ces barrages sur les routes ? demanda une femme qui avait suivi l'affaire de sa fenêtre au premier étage.

— Oui, répondit Blade. Restez ici. Quand les gardes viendront, dites-leur que le capitaine Blade vous a promis une récompense, d'accord ? Vous avez ma parole qu'on s'occupera de vous.

— D'accord, répondirent en chœur le conducteur et les autres.

Blade les remercia à nouveau puis fit signe à ses compagnons de le suivre.

Dès qu'ils eurent passé le coin de la rue, ils accélérèrent le pas en direction du port.

— Félicitations ! jeta Naïasha avec un rapide sourire. Combien de temps vont-ils attendre avant de se poser des questions ?

— Suffisamment, j'espère, pour que nous ayons le temps de disparaître dans la nature.

« Et de trouver une astuce pour monter à bord d'un bateau en partance pour Qar », songea-t-il.

— En attendant, nous allons filer chez un homme que je connais ici pour trouver d'autres vêtements, dit Naïasha.

L'homme en question s'appelait Ranko. Il habitait une maison dans une ruelle donnant directement sur le quartier chaud de la ville. Par chance, la rue était si étroite qu'elle avait été délaissée par les prostituées.

Pour plus de sûreté, la jeune femme s'y engagea la première pendant que Blade et les deux Qaris se chargeaient de patrouiller dans les environs. Alors que, pour la dixième fois, les trois hommes repassaient devant l'entrée de la ruelle, ils aperçurent Naïasha au milieu de celle-ci. C'était le signal convenu pour dire que tout allait bien.

Le trio poursuivit son chemin, tourna dans la rue suivante, puis, un peu plus loin, emprunta un passage puant qui revenait donner dans la ruelle. L'alerte et leur signalement ne tarderaient pas à être donnés mais personne ne saurait ainsi où ils étaient passés...

Blade poussa un soupir de soulagement lorsque la porte basse se referma derrière eux. Un vieil homme chenu aux yeux brillants les accueillit.

— Les hommes qui m'accompagnent ne sont pas de vrais gardes, prévint la jeune femme.

— Les amis de Naïasha sont mes amis ! déclara Ranko en posant sa vieille main déformée sur l'épaule de la jeune femme. C'était donc vous que les gardes recherchaient depuis ce matin ? Mais pourquoi ça, par Satoth ? Cette histoire d'assassinat est ridicule !

Le regard de Blade croisa celui de Naïasha.

— Je crois qu'il vaudrait mieux lui dire la vérité, dit-il. Il prend des risques pour nous...

La jeune femme se tourna vers le vieil homme dont les cheveux blancs et ébouriffés renvoyaient des éclats argentés dans la lumière parcimonieuse.

— Nous sommes allés venger mon frère Davos, laissa-t-elle tomber. Le juge qui l'a fait torturer est mort par nos couteaux.

— Voilà qui va donner des arguments à tous les fous de Kumi, à tous ceux qui veulent l'interdiction du culte de Satoth, soupira Ranko en reculant d'un pas. Tu as commis une folie, ma fille ! Quand ton père saura ça, il aura une attaque !

— Pourquoi l'apprendrait-il ? se rebella Naïasha en faisant voltiger sa crinière noire. Il ne sait même pas que j'ai quitté Qar ! Si je suis de retour pour la Fête de Satoth, personne ne se posera de questions !

— Mais c'est dans moins de trois jours !

Blade avança.

— Voilà pourquoi nous avons besoin de votre aide pour embarquer sur le premier bateau en partance pour Qar, dit-il d'une voix douce mais ferme.

Le vieil homme se racla la gorge.

— Je ne peux rien refuser à Naïasha. Mais par Satoth, je vous supplie de ne pas prononcer mon nom si les choses tournaient mal

— Vous avez notre parole, répondit Blade.

Une heure plus tard, Blade se retrouva sur le port. Ranko lui avait fourni des vêtements gris et noirs très usés, mais de bonne facture. Une ceinture fermée par une boucle patinée serrait à la taille la large tunique. Blade avait laissé plusieurs boutons ouverts sur sa poitrine, de manière à pouvoir se saisir instantanément de son poignard fiché à l'intérieur de la ceinture, sous les replis du tissu, si le besoin s'en faisait sentir.

Blade avait insisté pour aller seul sur les quais en expliquant que c'était lui qui passerait le plus inaperçu de tous, Dask et Welkir affichant des particularités physiques que les témoins avaient sans aucun doute remarquées. Pour améliorer son personnage de vagabond, il s'était même confectionné un petit balluchon de vêtements qu'il portait sur l'épaule et avait emprunté une sorte de bâton de berger repéré dans l'entrée de la maison de Ranko.

Dès son arrivée sur les quais, Blade vit que ceux-ci étaient infestés de gardes qui surveillaient tous les mouvements entre les bateaux et la terre ferme et qui scrutaient chaque personne qui croisait leur chemin. Naïasha n'aurait pas pu faire dix pas sans se faire repérer...

Blade regarda autour de lui et découvrit une taverne à un jet de pierre de là. L'enseigne représentait une femme et un poisson. Après une hésitation, il se dit que l'endroit en valait bien un autre pour se renseigner discrètement sur les bateaux en partance pour Qar.

Il découvrit une salle décorée de filets et de

trophées de pêcheurs, dont l'air empestait l'odeur de poisson frit. Une serveuse aux traits fatigués se faufilait entre les tables, sans même tenter d'esquiver les mains baladeuses des clients.

Toutes les tables étaient occupées, sauf une, en retrait, où un homme jeune et athlétique paraissait s'ennuyer en vidant les dernières gouttes d'un pichet. Blade décida de tenter sa chance et s'approcha de lui.

— Puis-je m'asseoir ? demanda-t-il en souriant.

L'autre reposa son pichet et le regarda en fronçant les sourcils.

— Excusez-moi, je n'ai pas trouvé d'autre place libre. Le prochain pichet est pour moi, bien sûr..., enchaîna Blade.

Les traits d'adolescent attardé de l'homme se détendirent et un sourire s'afficha sur ses lèvres fines.

— Si c'est ainsi que tu vois les choses, j'accepte avec plaisir, dit-il. Je m'appelle Gelb et j'attends que le premier bateau pour Qar se décide à partir...

— Ça tombe bien, moi aussi, fit Blade en s'asseyant. Je vais assister à la Fête de Satoth.

— Ah, un pèlerin ! dit Gelb en se grattant le menton. Moi, j'y vais pour rendre visite à de la famille. Le genre de corvée dont il faut bien s'acquitter de temps à autre...

Bizarrement, Blade fut convaincu qu'il mentait.

Quelques instants plus tard, le pichet fut déposé sur la table par la serveuse qui décocha un regard humide à chacun des deux hommes.

— Sur quel navire voyages-tu ? s'enquit Blade après avoir rempli leurs gobelets.

— *L'Opale de Blaski*, répondit Gelb. Il n'a que deux mâts mais c'est quand même le plus rapide de tous. Il part demain matin à l'aube.

Blade vida son gobelet et reprit son rôle de pèlerin.

— Voilà qui m'arrangerait bigrement. J'ai été retardé en route et si je veux arriver à temps à Qar pour la Fête de Satoth, il faudrait que je trouve une place à son bord. Où est-il amarré ?

Gelb fit claquer sa langue pour montrer qu'il appréciait le vin clairet frais qu'on leur avait servi.

— Tout au bout, près des entrepôts à grain.

Blade hocha la tête en remerciement.

— Je crois que je vais aller voir si je peux monter à bord.

Son compagnon de table lui fit signe de se rasseoir.

— Écoute, tu m'as l'air d'être un homme sympathique. Je te propose de finir ce pichet avec toi, puis je t'accompagnerai jusqu'à *L'Opale de Blaski*. Je n'ai rien à faire de ma nuit, autant que j'aille prendre l'air...

Dix minutes après, les deux hommes se retrouvèrent dehors, heureux de pouvoir respirer l'air de la mer.

— J'ai l'impression qu'il va me falloir des jours pour me débarrasser de cette odeur de poisson..., soupira Blade tout en remarquant que le nombre de gardes patrouillant sur le port n'avait pas diminué.

Gelb eut un rapide sourire.

— Si j'en crois ce que j'ai vu quand je suis monté à bord de *L'Opale de Blaski,* je suis sûr que d'autres odeurs balaieront celle-ci, mon ami. Ce bateau est peut-être le plus rapide de la Mer Mauve, mais ce n'est sûrement pas le plus propre...

Les quais de Tanner formaient un U gigantesque ouvert vers le large, qui montait jusqu'à disparaître dans un mélange de brume et de nuit. L'entrée du port était balisée par deux foyers allumés chaque soir et quelques lumières lointaines marquaient la présence de navires.

Blade détourna les yeux. Il éprouvait toujours un malaise face à ce relief insensé.

Aucun garde ne leur accorda la moindre attention, preuve qu'ils cherchaient avant tout une femme à la crinière noire et, sans doute, un homme massif à la tête de brute correspondant au signalement caractéristique de Dask.

Ils remontèrent jusqu'en haut du quai de droite, là où s'élevait le phare primitif au milieu d'un amas de grands hangars. Gelb finit par s'arrêter devant un voilier bas sur l'eau et dont les deux mâts affichaient une hauteur un peu disproportionnée par rapport à la longueur de la coque. Ses superstructures se limitaient à une sorte de passerelle installée entre les deux mâts et à une petite cabine perchée au-dessus de la poupe, là où devait se trouver la barre. Tout indiquait que *L'Opale de Blaski* était une bête de course, une sorte d'équivalent des anciens clippers de la Terre du XIXe siècle. A côté de lui, tous les autres bateaux amarrés, la plupart avec des coques ventrues, ressemblaient à des outres flottantes.

Blade vit tout cela en l'espace d'une seconde mais ce qui occupa immédiatement ses pensées fut la présence de gardes devant la passerelle permettant d'accéder au voilier. Décidément, la partie ne s'annonçait pas facile.

— Allons voir le capitaine, proposa Gelb.

Blade acquiesça et s'approcha des gardes qui étaient au nombre de trois. Visiblement ils reconnurent Gelb, venu un peu plus tôt acheter son passage, car ils ne firent aucune difficulté pour les laisser monter à bord.

En dépit de l'heure avancée, le capitaine, un grand gaillard hirsute dont les vêtements sombres paraissaient prêts à éclater à tout moment, était toujours debout. Ils le trouvèrent en train de surveiller l'arrimage de tonneaux dans la cale avant.

— Capitaine Hardo, voici un ami qui désire se rendre à Qar pour la Fête de Satoth.

Hardo remonta sur le pont et se planta devant Blade. Il avait une tête de bouledogue et des sourcils broussailleux qui semblaient avoir été jetés au hasard sur le bas de son front. Mais ses petits yeux noirs annonçaient qu'il n'était pas né de la dernière pluie.

— Un pèlerin, hein ? laissa-t-il tomber comme il l'aurait fait d'un crachat.

— Oui, répondit Blade, humblement comme il seyait à un pauvre voyageur.

Le capitaine hocha la tête avec un air entendu.

— A ce que j'ai entendu dire, les fidèles de Satoth ne sont pas en odeur de sainteté, en ce moment. Il paraît qu'ils auraient tué un juge à Isek et cinq gardes ici, à Tanner.

Blade émit un soupir contrit en faisant un effort sur lui-même pour ne pas sortir de son rôle.

— On dit beaucoup de choses sur nous. Malheureusement, il peut y avoir des éléments incontrôlés dans nos rangs. Après tout, n'avez-vous pas, vous aussi, vos fichus Fous de Kumi ?

Gelb posa la main sur le bras de Blade pour l'inviter à ne pas être trop provocant. Mais, à sa surprise, il vit un sourire dévoiler les dents jaunies du capitaine.

— Ça va, l'ami. On arrête ici. C'était juste pour t'asticoter et voir si tu avais quelque chose dans le ventre. A vrai dire, je me fiche comme de ma première putain de ces histoires de Satoth et de Kumi. Et je me fiche que cinq de ces maudits gardes qui passent leur temps à nous empoisonner la vie aient trouvé à qui parler... Pour moi, une seule chose compte : les affaires. Alors, tu veux un passage pour Qar ?

Blade réfléchit une seconde.

— Une amie m'accompagnera. C'est possible d'avoir deux passages ?

Le capitaine eut une grimace amusée.

— Bien sûr. Et si elle est compréhensive, je pourrais même lui faire le voyage à l'œil.

Le visage de Blade devint un masque.

— J'ai peur qu'elle se voue tout entière à Satoth et que toi...

Le capitaine sentit qu'il faisait fausse route.

— Ça va, ça va... C'est d'accord. On lève l'ancre à la première heure et si tu manques le bateau, pas la peine d'attendre mon retour pour être remboursé...

— Content de savoir que nous allons voyager ensemble, ajouta Gelb en donnant une claque dans le dos de Blade.

— Qu'est-ce que c'est que cette histoire ? gronda Welkir avec une étincelle de colère dans son œil unique. On ne part pas avec vous ?

— Calmez-vous, mes amis, intervint Ranko en voyant la main du Qari se poser sur la poignée de son épée.

Blade s'approcha de Welkir.

— Le port est infesté de gardes qui ont votre signalement à tous les trois. Apparemment, je suis passé plus inaperçu puisque j'ai pu aller et venir à ma guise en compagnie de Gelb, l'homme qui m'a présenté au capitaine de *L'Opale de Blaski*. Donc, je crois qu'il vaudrait mieux que vous restiez cachés chez notre ami pendant quelques jours et que vous preniez ensuite un bateau pour nous rejoindre sur Qar.

— Mais tout le monde cherche pourtant Naïasha ! s'emporta Dask.

Blade l'arrêta d'un geste de la main.

— Oui, mais elle, il est impératif qu'elle soit rentrée pour la Fête de Satoth.

La jeune femme s'avança vers eux.

— Il a raison, déclara-t-elle. Si Ranko est d'accord, vous resterez ici tous les deux. Je vous laisserai de l'argent.

Ranko poussa un soupir.

— C'est risqué, mais j'accepte. Par Satoth, j'espère que toute cette histoire ne s'ébruitera pas... Je t'en conjure, ne commets plus jamais ce genre de folie, ma fille ! Même pour la meilleure des raisons.

Naïasha jeta ses bras autour du vieil homme et le serra longuement contre elle. Puis elle se tourna vers Blade.

— Comment comptes-tu me faire monter sur ce bateau avec tous ces gardes ?

Blade s'approcha de la table et se servit des objets qui s'y trouvaient pour figurer le quai contre lequel était amarré le voilier.

— Comme il sera impossible de te faire passer pour un homme, expliqua-t-il, il va falloir que tu te glisses derrière le phare et que tu entres dans l'eau. Ensuite, tu nageras discrètement jusqu'à l'autre côté du voilier. Et là, je m'arrangerai pour te récupérer et te faire monter à bord, juste au moment de l'appareillage.

— Mais pourquoi on ne fait pas comme ça, nous aussi ? demanda Welkir.

— Parce que je n'ai qu'une confiance limitée dans les dires du capitaine qui affirme se moquer de la chasse qui nous concerne, rétorqua Blade. Si vous embarquez tous les trois, il devinera sans peine que c'est nous qu'on recherche et il pourrait être tenté par une récompense. En revanche, il y aura toujours une bonne raison à inventer pour expliquer le... repêchage de Naïasha. Après tout, il se passe suffisamment de choses bizarres dans un port pour raconter qu'elle a voulu échapper à un marin trop entreprenant, non ?

CHAPITRE VIII

L'Opale de Blaski passa l'entrée du port et Blade se sentit subitement soulagé d'un poids énorme. A côté de lui, Naïasha secouait sa crinière alourdie par l'eau de mer. Ses vêtements lui collaient à la peau, ne cachant plus grand-chose de son corps. Mais la jeune femme savait que la chaleur de Kumi viendrait vite à bout de l'humidité et avait refusé l'offre du capitaine d'enfiler des habits d'homme.

Le capitaine Hardo avait fait preuve d'une compréhension étonnante envers Naïasha qu'il avait vu enjamber le bastingage, ruisselante et essoufflée.

Il avait apparemment cru l'histoire d'une main qui s'était faite trop insistante. A croire que cela arrivait tous les jours... Mais Blade le soupçonnait de vouloir tenter sa chance avec elle, une fois qu'ils seraient en mer, en jouant sur le fait qu'il lui avait sauvé la vie. Il fallait rester vigilant.

— J'espère que Dask et Welkir s'en tireront..., souffla la jeune femme en s'approchant de Blade.

— Je suis sûr que les recherches ne dureront pas longtemps, faute de résultats, répondit Blade en contemplant la mer teintée par des micro-organismes de couleur mauve qui montait doucement devant eux en se perdant dans le « ciel » lointain.

Les voiles se déployèrent avec des claquements sonores. Le navire s'élança, doublant un bateau ventru à trois mâts. La manœuvre de la sortie du port éloigna momentanément les marins et le capitaine qui jusqu'ici avaient saisi toutes les occasions pour passer le plus près de Naïasha. Les passagers, au nombre d'une vingtaine, restaient quant à eux plus distants. Sauf Gelb, qui se décida à les rejoindre. Dès qu'il vit les yeux brillants de l'homme, Blade comprit que le charme de sa compagne venait de faire une sérieuse victime.

Et que, décidément, la traversée risquait de ne pas être de tout repos.

Si le prix du passage comportait aussi la nourriture, il ne donnait pas droit pour autant à partager la table du capitaine. Mais Hardo avait décidé de faire une exception pour Naïasha et pour Blade. Alors que la première journée en mer touchait à sa fin, ceux-ci furent avisés par un marin trapu au nez tuberculeux que le maître du bord les invitait à partager son repas du soir.

— On dirait que tu lui plais beaucoup, remarqua Blade une fois le marin éloigné sous le regard soupçonneux de Gelb, accoudé un peu plus loin.

Naïasha eut un sourire qui alluma ses yeux verts. Elle passa une main désinvolte dans sa crinière noire.

— Allons, nous devons bien ça à ce rustre des mers, dit-elle. Sans lui nous serions peut-être déjà dans une geôle de Tanner, ne l'oublie pas...

Blade approuva avec un air sceptique.

— Et que feras-tu s'il se montre trop empressé ?

Le sourire disparut du visage de la jeune femme.

— A ton avis ? Je crois qu'il va falloir te faire une raison si tu ne veux pas qu'il nous arrive quelque chose avant que ce bateau soit en vue de Qar...

Blade hocha la tête et tourna le regard vers la surface mauve de la mer. Il n'avait aucun droit sur Naïasha mais la simple idée de la savoir dans le lit du capitaine lui serra l'estomac. Il eut presque un sursaut lorsque la main de la jeune femme se posa sur son épaule.

— Donner son corps à un homme n'est pas

lui donner son âme..., lui souffla-t-elle à l'oreille. Et il y a des moments dans la vie où il faut savoir faire des sacrifices si on veut survivre, tu ne crois pas ?

La boule incandescente de Kumi commençat à perdre de son ardeur et le mauve de la mer labourée par l'étrave de *L'Opale de Blaski* se fit plus profond Naïasha tira sur sa tunique qui avait eu largement le temps de sécher depuis leur départ de Tanner.

— L'heure des festivités ne va pas tarder, dit-elle sans la moindre trace d'humour dans la voix. J'espère au moins que les quartiers du capitaine sentent moins mauvais que ceux réservés à ses passagers...

Comme le reste du bateau, l'entrepont où dormaient les passagers était imprégné de l'odeur tenace laissée par la dernière cargaison transportée par le voilier. Aux dires d'un des matelots, une semaine plus tôt un méchant coup de vent avait fait gîter si fort *L'Opale de Blaski* que des dizaines de fûts d'extrait de poisson en putréfaction, un assaisonnement que les Ashankas semblaient autant apprécier que les Asiatiques de la Terre, s'étaient renversés, répandant leur contenu dans toute la cale, laissant des traces que le temps aurait bien du mal à effacer.

Blade faillit répondre que Hardo était certainement plus puant que son navire mais se ravisa.

Alors que le crépuscule était presque total, un matelot vint les avertir que le capitaine les attendait.

— Allons-y, jeta Naïasha avec la détermination de celle qui va se jeter dans la gueule du loup.

Blade la suivit. Juste avant de quitter le pont, il se retourna et s'aperçut que Gelb les observait.

Les quartiers du maître des lieux étaient plutôt exigus mais propres. Le plafond était si bas que Blade faillit toucher une des poutres en redressant la tête après avoir passé la porte.

Hardo s'approcha d'eux en contournant la table qui, avec deux grands coffres et le lit étroit, constituait l'essentiel du mobilier. Une grosse lampe à huile était accrochée à la poutre passant au-dessus de la table. Elle oscillait doucement en suivant les mouvements du bateau. Sa lumière éclipsait celle, crépusculaire, que laissaient entrer les deux fenêtres ovales ouvertes dans la cloison du fond.

— Asseyez-vous, mes amis ! lança l'homme à la tête de bouledogue en avançant une chaise à l'attention de Naïasha. Et merci d'avoir accepté de partager la solitude d'un vieux marin.

Blade se contenta d'un hochement de la tête. Mais Naïasha s'empressa de montrer qu'elle n'était pas du tout dupe de la manœuvre :

— Les désirs d'un capitaine ne sont-ils pas des ordres quand on se trouve sur son navire ? dit-elle avec un sourire entendu.

Hardo la fixa un bref instant puis l'invita à nouveau à s'asseoir. Lorsque tous les trois furent installés autour de la table, il leur versa du vin et porta un toast à leur rencontre qu'il présenta comme une de ces attentions dont le destin avait, selon lui, le secret.

Bien plus tard dans la soirée, alors que la table était jonchée des restes d'un repas qui s'était révélé assez fin et copieux, Blade termina son gobelet de vin et se leva.

— Je crois qu'il est l'heure de regagner nos quartiers, dit-il avec un bâillement feint.

Naïasha s'apprêtait à l'imiter mais la grosse main du capitaine survola la table pour s'emparer de la sienne.

— Si ça ne te dérange pas, l'ami, je crois que cette jeune dame et moi avons encore des choses à nous dire...

Blade s'immobilisa, fronça les sourcils. L'idée de laisser Naïasha avec Hardo lui parut décidément insupportable. Il esquissa un pas vers la table mais la jeune femme lui lança un regard qui l'arrêta net.

Le capitaine avait très bien compris ce qui

se passait. Aussi voulut-il porter le coup d'estoc :

— Du calme, mon ami, du calme... On dirait que la jeune dame est bien plus compréhensive que ce que tu me l'avais laissé entendre à notre première rencontre. L'intuition féminine, sans doute...

— Pardon ? s'étonna Blade.

Hardo eut un sourire rusé.

— Allons donc, je suis sûr qu'elle a deviné ce qu'il m'en avait coûté d'accueillir sans broncher quelqu'un qui ressemblait tant à la femme que recherchaient les gardes... Et que je pourrais faire mettre aux fers avec son complice jusqu'au retour de *L'Opale de Blaski* à Tanner en fin de semaine, ajouta-t-il sur un ton plus ferme.

La moutarde commença à monter au nez de Blade mais Naïasha s'interposa.

— Laisse-nous, veux-tu ? Je trouve que notre hôte est un homme charmant et je te rejoindrai plus tard...

Blade quitta la pièce sans un mot.

Sur le pont presque désert et à peine éclairé par la faible clarté jetée la nuit par Kumi, il s'arrêta et inspira un grand coup pour tenter d'enrayer la colère qu'il sentait monter en lui. C'est alors qu'il aperçut Gelb.

Le jeune homme s'approcha de lui.

— Où est Naïasha ? demanda-t-il d'un ton sec.

Blade secoua la tête.

— Ai-je besoin de te le dire ?

Gelb ferma les yeux l'espace d'une seconde. Quand il les rouvrit, un éclair de fureur parcourut ses prunelles.

— Et tu l'as laissée faire !

Blade se planta devant lui.

— Naïasha est assez grande pour décider toute seule de sa conduite, et je me moque de ce qu'elle fait, se força-t-il à mentir. Maintenant, je te propose d'aller nous coucher dans notre trou puant.

Gelb écarta la proposition d'un geste agacé.

— Non, je reste ici !

— Très bien, dit Blade. Mais évite de faire un esclandre car les hommes de Hardo ont sûrement le coup de couteau facile...

Gelb eut une hésitation puis se ravisa.

— Rassure-toi, je ne suis pas fou, répondit-il d'une voix soudain plus calme après s'être souvenu de la mission qu'il avait à remplir.

Blade acquiesça puis lui souhaita bonne nuit avant de se diriger vers l'écoutille donnant accès aux quartiers réservés aux passagers.

Alors que plus un bruit ne traversait la nuit hormis le léger claquement des voiles et le son du passage de l'eau contre la coque, Gelb franchit le Rubicon.

Depuis le départ de Blade, il n'avait cessé de se raisonner en se martelant dans le crâne qu'il avait une mission importante à accomplir et qu'il ne devait sous aucun prétexte prendre le moindre risque tant qu'il n'aurait pas délivré son message codé à son destinataire sur Qar.

Mais depuis qu'il avait vu cette femme, il n'était plus vraiment lui-même. Il se moquait qu'elle ne lui ait jusque-là accordé qu'un intérêt poli. Il se disait qu'il finirait bien par attirer son attention. Au début, il avait cru qu'elle partageait le lit de ce Blade pour qui il éprouvait de l'amitié, mais l'épisode de ce soir montrait qu'il n'en était rien et que Naïasha vivait sa vie comme elle l'entendait...

Gelb ferma les yeux et essaya d'écarter de son esprit l'image de la jeune femme en train de se faire toucher par les mains de rustre du capitaine. Il n'y parvint pas et soudain, cette situation lui fut insupportable, il lui fallait agir.

Un coup d'œil rapide lui montra que personne ne le surveillait. Les vigies avaient les yeux braqués sur la douce pente de la mer incurvée vers le haut pour se perdre dans la nuit. L'homme de quart bayait aux corneilles en tenant sa barre. Gelb eut une dernière hésitation puis en enjamba le bastingage.

Accroché en haut de la coque mais invisible du pont, il entreprit de se déplacer en direction de la poupe, là où se trouvaient les quartiers du capitaine. Un mouvement du bateau faillit le faire tomber au moment où il contournait l'arrière de celui-ci. Quelques instants plus tard, il arriva en vue du plus proche des deux hublots ovales donnant sur la cabine du capitaine.

Gelb inspira puis se pencha en se demandant s'il ne se servait pas de sa colère pour satisfaire son envie dévorante de voir Naïasha dans le plus simple appareil...

Lorsqu'il la découvrit, elle était déjà nue. Elle se trouvait à genoux sur la table encore encombrée des reliefs du repas, le buste droit et la tête légèrement penchée en arrière. Elle avait les yeux fermés et les mains derrière la tête, perdues dans son imposante chevelure qui touchait presque le plafond.

Gelb sentit son estomac se nouer en la voyant ainsi offerte, les cuisses un peu écartées et la poitrine impressionnante et dressée.

Hardo apparut alors dans son champ de vision. Le capitaine tourna autour de la table, laissant courir un doigt sur les fesses rebondies de la jeune femme. Lorsqu'il se retrouva derrière elle, il fit monter et descendre son doigt le long de la colonne vertébrale, s'attardant entre les fesses sans que Naïasha ne fasse autre chose que de se redresser encore un peu plus mais sans protester.

Le capitaine continua à tourner autour de

la table puis s'arrêta devant la jeune femme, se plaçant directement dans l'étroit champ de vision de Gelb.

— Tu es une fille intelligente et tu as fait le bon choix, dit Hardo. Imagine un peu ce qui te serait arrivé dans les geôles de Tanner... Toute la prison te serait passée dessus avant même que quelqu'un ne s'avise de ton sort.

Naïasha rouvrit les yeux.

— Tandis que là, je ne bénéficierai que des attentions d'un homme du monde, c'est ça ?

— C'est ça..., souffla Hardo en posant la main sur la cuisse nue et en sentant frémir les muscles.

Leurs regards se rencontrèrent. Celui de la jeune femme ne cilla pas quand elle sentit la main se déplacer lentement pour venir jouer avec les poils noirs de sa toison.

— Tu couches avec ce Blade ?

— Pas eu le temps, rétorqua Naïasha du tac au tac.

Hardo hocha la tête. Ses doigts abandonnèrent le pubis pour remonter vers le nombril niché au milieu du ventre plat. Ils n'y firent qu'une brève escale et poursuivirent leur ascension vers les deux gros globes fermes des seins, bien séparés l'un de l'autre. Hardo joua un instant avec les mamelons dressés, circula autour des larges aréoles sombres puis changea d'idée.

Il obligea la jeune femme à écarter les

cuisses jusqu'à ce que la lumière changeante de la lampe à huile éclaire en totalité le triangle étroit et allongé qui dissimulait son sexe.

— Parfait..., dit-il après avoir passé un doigt dans les chairs intimes de Naïasha et découvert que celles-ci étaient imprégnées d'une chaude humidité. Ferme les yeux !

Naïasha s'exécuta.

Perché dans sa position dangereuse et inconfortable, Gelb vit avec rage le capitaine se déshabiller en jetant ses vêtements par terre. Hardo passa ensuite derrière la jeune femme et l'obligea à se pencher en avant jusqu'à ce que son front touche la table. Il resta un instant à fixer les fesses charnues et la chute des reins, le temps que sa verge devienne plus dure qu'une barre de métal.

La respiration de Naïasha s'accéléra brusquement quand elle sentit s'écarter ses fesses et le sexe du capitaine se poser contre son anus.

— Non ! Pas ça ! jeta-t-elle en faisant mine de se relever.

Mais une poigne de fer s'empara de sa crinière noire et l'obligea à reprendre sa position première dans une immobilité totale.

— Ici, c'est moi qui décide ! grogna Hardo avant de donner un coup de reins en avant.

Naïasha poussa un cri de bête blessée lorsque la douleur lui déchira le bas du dos.

A l'extérieur, Gelb eut un sursaut d'indignation. Son pied droit glissa et il se retrouva à genoux sur l'étroite corniche qui passait sous les deux fenêtres ovales. Ses mains s'agrippèrent au bois de la coque et il ferma les yeux, le temps de reprendre son souffle.

De l'autre côté de la cloison, le capitaine poussa un bref râle de jouissance en déversant sa semence entre les reins de Naïasha. Sa main tira si fort sur les cheveux de celle-ci qu'elle laissa échapper un autre cri de douleur.

Un cri qu'entendit Gelb, qui essaya aussitôt de se remettre debout sur la corniche glissante. Il y était presque parvenu quand un brusque mouvement du bateau lui fit soudain lâcher prise.

L'exclamation de surprise qu'il poussa en tombant à la mer se perdit dans le bruit de l'eau défilant contre la coque et l'éclaboussement que son corps provoqua en touchant la surface ne fut remarqué par personne à bord.

Gelb essaya d'appeler à l'aide mais *L'Opale de Blaski* poursuivit inexorablement sa route dans la nuit.

Le messager maudit sa stupidité et sa malchance lorsque, tout à coup, quelque chose frôla sa jambe droite. L'instant d'après, deux rangées de dents se plantèrent dans son ventre, arrachant la ceinture abritant le message si précieux pour Qar, en même temps qu'une première bouchée de chairs et d'intestins.

Sans un mot, Naïasha était venue se coucher auprès de Blade. Elle avait à peine remarqué que son compagnon était toujours éveillé. Puis elle lui avait tourné le dos et avait fait mine de s'endormir. Au bout d'un moment, Blade décida d'aller rejoindre Gelb qui n'était toujours pas descendu depuis qu'ils s'étaient croisés sur le pont.

Il traversa les rangées de dormeurs enroulés dans des couvertures. Une odeur de pieds et de sueur s'était ajoutée aux relents de poisson pourri qui imprégnaient le bois et Blade éprouva un immense soulagement en respirant l'air du large.

Il jeta un coup d'œil autour de lui mais ne vit pas Gelb. Un mauvais pressentiment l'envahit. Il fit rapidement le tour du bateau en appelant le jeune homme. En vain.

Au bout d'une demi-heure et après avoir interrogé l'homme de quart et vérifié qu'aucune écoutille autre que celle menant aux quartiers des passagers ne pouvait être ouverte, il dut se rendre à l'évidence : Gelb avait disparu, sans doute tombé à la mer.

CHAPITRE IX

Dès que le navire fut près des côtes, escarpées à cet endroit de Qar, Naïasha apparut auprès de Blade. Elle sortait de la cabine du capitaine avec qui elle avait passé la seconde nuit à bord.

— Hardo va nous débarquer avant l'arrivée au port, dit-elle d'une voix moins dégagée qu'elle l'aurait voulu. Je connais des gens à Prestan et je préfère ne pas prendre le risque de les rencontrer sur le quai.

— Décidément, tu as su t'y prendre avec notre capitaine..., grommela Blade sans cesser de scruter la ligne de falaises au-delà de laquelle se déployait le paysage de la grande île, toujours en courbe ascendante selon le relief insensé de ce monde. Il ne te refuse plus rien.

La main de Naïasha s'abattit sur l'épaule de Blade avec une violence inhabituelle et ses ongles s'enfoncèrent dans la chair au travers du tissu de la tunique. La jeune femme l'obligea à se retourner. Son regard vert se vrilla dans le sien tel celui d'un cobra.

— A tout autre que toi, j'aurais fait rendre gorge pour ces paroles ! jeta-t-elle avec une fureur qu'elle ne chercha même pas à maîtrisée. Si je me suis conduite comme la dernière des putains, c'était pour nous tirer d'affaire, ne l'oublie jamais, par Satoth !

Blade le savait, mais il avait le plus grand mal à contrôler la jalousie qui l'étreignait depuis leur départ de Tanner. Et puis la disparition de Gelb lui hantait l'esprit car il sentait confusément qu'elle avait un rapport, elle aussi, avec le comportement de la jeune femme. Bien sûr, c'était très probablement un accident, mais se serait-il produit si l'Ashanka n'avait pas été si perturbé à l'idée de savoir que la femme pour qui il avait éprouvé un coup de foudre était en train de forniquer avec Hardo ?

L'étreinte de Naïasha se desserra sur l'épaule de Blade.

— Je comprends ce que tu ressens, dit la jeune femme d'une voix soudain radoucie. Et ça me flatte. En temps voulu, je ferai le nécessaire pour effacer cette cicatrice, ajouta-t-elle énigmatiquement.

Un matelot s'approcha d'eux.

— Le capitaine vous fait dire que la barque est prête.

Au moment de quitter le bord, Hardo prit Naïasha par le bras.

— Cela a été un plaisir de faire votre connaissance, jeune dame, dit-il. Je n'oublierai pas de sitôt notre rencontre.

Naïasha se dégagea en douceur de son emprise.

— Moi non plus, capitaine, mais sûrement pas pour les mêmes raisons que vous... Cela dit, j'apprécie que tu aies tenu ta parole...

Hardo jeta un coup d'œil en direction de Blade qui venait de s'installer dans la barque puis refit face à la jeune femme.

— Une affaire est une affaire. Tu as su faire en sorte que deux nuits avec toi vaillent autant à mes yeux que la récompense que j'aurais pu tirer des gens de Tanner en te livrant à eux. Ce n'est pas plus compliqué que ça... Bon voyage !

En descendant à son tour dans la barque, Naïasha ne put s'empêcher de se demander ce qui leur serait arrivé, à elle et à Blade, si elle n'avait pas cédé à tous les caprices du capitaine.

Dekerad, la capitale de Qar, présentait deux différences essentielles avec les cités visitées par Blade depuis son arrivée dans le Monde : les gardes y portaient un uniforme de couleur différente et il n'y avait qu'une seule tour supportant le symbole de Kumi.

— C'est parce que les Qaris sont des gens

tolérants, expliqua Naïasha lorsque Blade lui posa la question. Contrairement aux autres pays qui refusent toujours de laisser édifier des temples à Satoth, nous n'empêchons pas les adorateurs de Kumi d'avoir un lieu de culte dans chacune de nos cités.

La proximité de la Fête de Satoth avait plongé la ville dans une agitation extraordinaire. Des flots de pèlerins étaient venus des quatre coins de Qar et de l'étranger, s'ajoutant à un trafic habituel déjà important.

Toute la ville pavoisait, des banderoles à la gloire de Satoth traversaient les artères principales encombrées par une circulation démente. Il n'était pas rare, non plus, de rencontrer des gens qui titubaient plus ou moins dans les rues pour avoir commencé les festivités en avance sur le calendrier. Autant pour la propagande des adorateurs de Kumi accusant Satoth et ses prétendus sbires de vouloir interdire l'alcool...

Et pourtant, la fête elle-même devait avoir lieu en dehors de Dekarad, sur les esplanades entourant la colline qui abritait le grand temple édifié là où le dieu mystérieux s'était manifesté pour la première fois quelques années plus tôt.

En approchant de la ville par la route, et toujours grâce à l'horizon inversé qui permettait de voir jusqu'aux montagnes du Nord de Qar, Blade avait pu apercevoir au loin la masse arrondie du temple en question.

A ce moment-là, il se trouvait dans une charrette en compagnie de Naïasha, qui avait dissimulé sa chevelure si caractéristique sous un ample foulard pour éviter d'être reconnue. Juste avant d'entrer dans la ville, la jeune femme et lui avaient acheté des vêtements de meilleure qualité à un vendeur ambulant. Cela fait, Naïasha avait libéré sa chevelure et retrouvé son identité.

— A partir de cet instant, dit-elle à Blade, je suis à nouveau la fille de Mardigan, le Premier Conseiller de Darlen, le maître de l'île. Je n'ai jamais quitté Qar et je t'ai rencontré il y a deux jours lorsque tu m'as tiré des griffes d'une bande de voleurs qui ont réussi à me prendre pratiquement tout ce que je possédais. Après ça, mon père n'aura rien à te refuser...

Blade acquiesça en trouvant amusant de voir la jeune femme adopter un de ses contes favoris pour expliquer sa présence aux indigènes lorsqu'il débarquait dans une Dimension X.

La demeure du Premier Conseiller s'organisait autour d'une cour intérieure en grande partie occupée par un bassin d'où jaillissaient d'innombrables fontaines. Les murs de briques dorées étaient percés d'ouvertures spacieuses et l'ensemble avait un petit air de villa romaine.

Les gardes privés qui avaient accompagné Naïasha et Blade depuis la grande porte d'entrée s'éclipsèrent. Un majordome âgé, vêtu de rouge et or, vint à leur rencontre en contournant le grand bassin en forme de losange.

— Quel bonheur de vous revoir ! s'exclama l'homme en prenant les mains de Naïasha. Votre père commençait à se faire du souci ! Mais quels sont ces vêtements que vous portez ? Et à qui ai-je l'honneur, ajouta-t-il subitement comme s'il venait de s'apercevoir de l'existence de Blade.

La jeune femme eut un sourire de circonstance. Puis elle présenta Blade et débita son histoire de voleurs avec une aisance qui en disait long sur ses capacités de menteuse...

— Mais tout ça est sans importance, mon bon Shaf, conclut-elle. Grâce à Satoth, je suis revenue à temps pour assister à la Fête comme je l'avais promis à mon père. Je suppose qu'il n'est pas là ?

Le majordome secoua la tête, ce qui fit voleter les longs cheveux gris qui dessinaient une couronne autour de sa calvitie.

— Il a été convoqué par le Prophète pour les derniers préparatifs de la Fête et il ne reviendra pas avant la tombée de la nuit... Voulez-vous que je vous fasse préparer à dîner ?

Naïasha poussa un soupir.

— Ce dont nous avons besoin, c'est d'un bon bain. Et installe notre ami Blade dans la chambre verte. C'est la meilleure et il l'a bien mérité !

L'intérieur de la grande demeure bruissait de l'activité discrète d'une foule de domestiques avec qui Naïasha semblait avoir des relations plutôt amicales. Au détour d'un couloir aux murs dorés, parcouru d'un agréable courant d'air rafraîchissant, la jeune femme s'arrêta devant une porte de bois noir piquetée de clous couleur bronze.

— C'est ici que nos chemins se séparent momentanément, mon ami, dit Naïasha à Blade. Ta chambre, c'est la suivante...

Sur ce, elle disparut.

Le majordome ouvrit ensuite la porte, noire elle aussi, de la chambre de Blade. Au moment où Shaf allait le quitter après lui avoir dit qu'il allait lui faire porter des vêtements propres, Blade accrocha le bras du vieil homme pour lui poser une question qui lui trottait dans la tête.

— Naïasha ne parle jamais de sa mère, dit-il, et je ne voudrais pas commettre d'impair...

Une grimace traversa rapidement le visage ridé du majordome.

— Depuis qu'elle s'est enfuie avec un riche marchand de Leshan, personne ne prononce plus le nom d'Erhada dans cette maison. Et évitez aussi de parler de Davos, le frère de Naïasha. Il a été tué il n'y a pas longtemps, sur l'ordre d'un juge d'Ashanka

— Dans quelles circonstances ?

Le majordome se racla la gorge et jeta un regard autour d'eux, comme s'il craignait qu'on l'entende.

— Davos était un brave garçon mais qui aimait trop le danger et les voyages. Un jour qu'il se trouvait à Isek, une petite ville de l'Ashanka, il a séduit la fille du local de Kumi et celui-ci a monté une cabale contre lui pour le faire exécuter. Enfin, c'est la version qui a été rapportée à mon maître par un de ses amis ashankas. Mais je parle trop et je vous empêche d'aller vous reposer...

Le vieil homme s'éloigna d'un pas un peu raide. Blade le regarda partir puis entra dans la chambre. Maintenant, il comprenait mieux le coup de folie vengeresse qui avait saisi Naïasha.

La chambre méritait son nom puisqu'un vert émeraude la recouvrait du sol au plafond. Seul le mobilier avait échappé à l'affection que semblaient porter les habitants du Monde aux couleurs voyantes.

Blade jeta un coup d'œil à la table noire installée contre le mur, près d'une sorte d'armoire laquée de la même couleur. Puis il s'assit sur le grand lit presque carré pour en tâter le moelleux. Devant lui, une porte s'entrouvrait dans le mur vert. Il se força à quitter le lit pour aller voir ce qui se trouvait de l'autre côté et découvrit une petite pièce au plafond vert mais au carrelage en damier noir et rouge... Un carrelage qui, non content de recouvrir le sol, montait à l'assaut des murs autour d'un bassin peu profond aux formes arrondies.

Blade essayait de deviner le mode de fonctionnement de l'arrivée d'eau lorsqu'on frappa à la porte de la chambre. Une jeune fille, presque une enfant, déposa une pile de vêtements et de serviettes sur le lit puis s'éclipsa sans bruit. Au même instant, un jet d'eau fraîche se précipita vers le fond du petit bassin.

Naïasha ferma les yeux. Dès son entrée dans la chambre elle avait jeté ses vêtements au sol comme si les miasmes de toutes les maladies connues s'y trouvaient embusqués. Nue, elle se précipita dans la salle d'eau et entreprit de remplir le bassin qui surgissait au milieu des carreaux bleus et blancs du sol.

Dès qu'il y eut assez d'eau, elle prit les sels de bain contenus dans un des flacons ouvragés qui s'alignaient sur une étagère en bois rougeâtre à côté d'un miroir rond. Elle s'arrêta pour y scruter son visage. Elle y découvrit les ravages occasionnés par ses récentes aventures et mésaventures.

Lorsqu'elle avait quitté Qar, elle était une jeune fille impétueuse, un peu tête brûlée et qui, comme son frère, affectionnait les voyages, les sports violents et le maniement des armes. Mais comme Davos, son voyage à Isek avait mis un terme brutal à sa jeunesse. Car lorsqu'elle avait fait exécuter l'ignoble Oviedan et, surtout, lorsqu'elle s'était donnée telle une putain au capitaine de *L'Opale de Blaski*, quelque chose était mort en elle.

En se souvenant de la manière dont elle avait eu les reins forcés à plusieurs reprises par Hardo, dont elle avait dû subir les pires humiliations, elle sentit son estomac se nouer et une envie de vomir envahir sa bouche.

Naïasha fit un effort sur elle-même et se dirigea vers le bassin. Elle y jeta ses sels de bain et l'eau prit une couleur azur scintillante qui eut pour effet de dissiper un peu le malaise de la jeune femme.

Une fois dans l'eau, Naïasha entreprit de se savonner jusque dans les replis les plus secrets de son corps. Elle remplit sa bouche, sans l'avaler, d'une gorgée d'eau bleue et parfumée, avec l'espoir qu'elle pourrait par ce subterfuge gommer le souvenir du sexe de Hardo en train d'aller et venir entre ses joues avant de déverser sa maudite semence dans sa gorge. Le capitaine l'avait ensuite à chaque fois obligée à avaler son sperme puis à lécher consciencieusement la totalité de son sexe tout en la traitant de tous les noms.

Naïasha s'assit alors dans le bassin, les jambes repliées dans la position du lotus, et se mit à scruter son sexe en partie recouvert de mousse. Un instant, elle eut la curieuse impression que les chairs dissimulées par l'étroit triangle sombre ne lui appartenaient plus. Puis son regard remonta, erra sur le damier du carrelage. Elle sentit une force nouvelle l'envahir et l'obliger à se ressaisir. Elle se leva et entreprit de se rincer avant d'aller se rhabiller.

Quand Hardo lui avait dit qu'elle avait payé un prix supérieur à celui de la récompense pour sa capture, il n'avait pas menti... Mais ce qu'il ne savait pas, c'est qu'elle s'arrangerait pour croiser à nouveau, un jour, sa route et que, cette fois, se serait elle qui lui ferait payer le prix fort. Le prix maximum.

Comme elle l'avait fait déjà payer à Oviedan pour la mort de son frère.

CHAPITRE X

Le courant était passé immédiatement entre Blade et le père de Naïasha. Les deux hommes s'étaient rencontrés pour la première fois, tard dans la soirée, lorsque le Premier Conseiller était rentré chez lui après une journée de travail encore plus harassante que les autres.

Tout à la joie de revoir sa fille, partie comme d'habitude des jours entiers sans donner le moindre signe de vie, Mardigan n'avait commencé à s'intéresser à Blade qu'au cours du repas tardif pris dans la cour intérieure, sous la chaude lumière d'une batterie de lampes à huile accrochées en hauteur.

A la faveur d'une conversation qui s'était prolongée tard dans la nuit, et sans Naïasha que la fatigue avait vaincue, Mardigan était apparu à Blade comme un homme qui savait cacher son jeu.

En fait, le Premier Conseiller se complaisait à simuler l'insignifiance dans l'ombre du vieux Darlen, le maître incontestable, à défaut d'être incontesté, de l'île indépendante de Qar. Il avait compris que c'était le meilleur moyen pour perdurer dans un rôle politique à haut risque lorsque le jeu était mené par un instable tel que Darlen. Le Prophète ne s'y était pas trompé et avait fait de lui son interlocuteur privilégié depuis que le culte de Satoth était devenu religion officielle de Qar.

Mais, entre fins limiers, on se reconnaissait vite et si Blade avait compris l'importance de Mardigan, ce dernier avait senti que l'homme ramené par sa fille sortait de l'ordinaire, qu'il n'était pas un prétendant de plus attiré, au-delà du corps de Naïasha, par la perspective de mettre la main sur la fortune familiale. Aussi, s'était-il résolu à proposer à Blade de l'accompagner le lendemain matin au Temple pour les ultimes préparatifs avant le début des festivités à midi.

Blade était resté ensuite seul à table pour profiter de sa première soirée véritablement tranquille depuis son arrivée dans cette Dimension X. Et tout en sirotant son dernier gobelet de vin frais, il s'était enfin rendu compte, à y repenser, que quelque chose avait changé en Naïasha

La voiture s'arrêta non loin de l'entrée de l'esplanade principale, celle qui étendait son dallage rougeâtre jusqu'à la monumentale porte principale du temple, au pied de la colline.

Au-delà des colonnades délimitant la frontière de l'immense escalier montant jusqu'au Temple se déployait un dôme culminant à une bonne cinquantaine de mètres de hauteur. Il était de couleur claire et une ouverture circulaire obturée par une lentille de verre coloré se découpait à l'emplacement de son sommet.

L'ensemble avait la grandeur et la simplicité architecturale d'un temple égyptien.

Blade attendit que le Premier Conseiller soit descendu pour le rejoindre. Mardigan remit en place les plis de sa robe vert d'eau et ajusta le bijou qui retenait les pans de son manteau rouge sang, parsemé d'étoiles argentées et scintillantes.

Des étoiles qui avaient immédiatement attiré l'attention de Blade lors de sa première rencontre, la veille au soir, avec Mardigan. Car comment pouvait-on connaître les étoiles quand on vivait à l'intérieur d'une sphère hermétiquement close ?

Blade avait résisté toute la soirée à lui demander ce que signifiaient les symboles qui décoraient son manteau. Maintenant, profitant de leur traversée de l'esplanade, il décida de poser la question à Mardigan. Celui-ci s'arrêta de marcher quelques secondes puis afficha un sourire.

— Ces lumières représentent l'essence même de l'enseignement de Satoth dispensé par la bouche d'Arandayan, son Prophète. Jusque-là, les habitants du Monde vénéraient Kumi parce que sans lui toute vie disparaîtrait. Mais Satoth nous a démontré l'étroitesse de ces conceptions.

— Ce qui veut dire ? s'enquit Blade en fronçant les sourcils.

Mardigan tritura sa barbichette poivre et sel qui ajoutait une petite touche démoniaque aux traits de son visage triangulaire dont les yeux verts rappelaient le lien qui l'unissait à Naïasha.

— Satoth enseigne que le Monde n'est qu'une infime partie d'un immense univers peuplé d'innombrables soleils qui seraient des versions géantes de Kumi. Ce sont ces soleils qui sont représentés sur les manteaux portés par les hauts dignitaires du culte dont j'ai l'honneur de faire partie.

— J'avoue que je ne saisis pas très bien, dit Blade en faisant mine de ne pas comprendre et en masquant sa perplexité.

Mardigan rendit leur salut à un groupe d'hommes et de femmes qui croisèrent leur chemin.

— C'est naturel, mon ami. A ton avis, combien de temps m'a-t-il fallu pour écarter de mon esprit l'idée que nous étions seuls dans la grande et confortable coquille formée par le Monde ? Beaucoup de ceux qui deviennent des adeptes de Satoth le font sans comprendre réellement ce qui se cache derrière ses préceptes.

— Je suppose qu'ils le font par lassitude par rapport à un culte de Kumi qui leur semble de plus en plus sans objet, répondit Blade. Quoi qu'il puisse arriver, Kumi s'éteint tous les soirs et se rallume tous les matins. Il n'y a plus que les Fous de Kumi pour croire que le Monde survit grâce à leurs simagrées...

Cette fois, le père de Naïasha s'arrêta de marcher et cessa de s'intéresser aux signes que lui faisaient tous ceux qu'ils croisaient sur le dallage rougeâtre. Les colonnes et le portique marquant l'entrée du Temple étaient tout proches et leur ombre immobile semblait attendre les deux hommes pour s'emparer d'eux.

— Qui es-tu en vérité ? demanda-t-il en fronçant ses sourcils broussailleux. Quel oiseau rare a découvert notre Naïasha au cours de son dernier périple à l'intérieur de Qar ?

Blade leva les yeux vers le ciel, ou plutôt vers Kumi, et la brume qui gommait au loin les détails du paysage montant vers elle.

— Je suis un voyageur, répondit-il. Et en tant que tel, je suis curieux et j'ai, je l'espère, l'esprit large et toujours à l'affût de la nouveauté. Dans mon lointain pays d'Angleterre,

Satoth ne représente encore rien d'autre qu'une vague rumeur venue de l'autre bout du Monde, inventa-t-il. Mais maintenant que je commence à comprendre de quoi il retourne, je trouve les perspectives offertes par l'enseignement de ton dieu particulièrement exaltantes...

Mardigan posa la main sur son épaule.

— Et pourquoi ça ?

Blade prit son inspiration.

— Parce que j'ai toujours pensé que les hommes n'étaient pas faits pour vivre recroquevillés dans une cage telle que le Monde, si immense soit-elle.

Mardigan se redressa et le fixa droit dans les yeux.

— Je crois que le Prophète sera intéressé de te rencontrer, mon ami.

— C'est réciproque, rétorqua Blade en se demandant pour la première fois si le Monde ne dissimulait pas un extraordinaire secret.

— Alors, ne le faisons pas attendre car son temps, aujourd'hui, est encore plus précieux que d'habitude...

CHAPITRE XI

« SATOTH T'OUVRIRA L'ESPRIT SUR LE MONDE. »

Blade s'arrêta devant la porte du Temple pour lire l'inscription qui y était gravée en relief. A côté de lui, Mardigan fit de même mais certainement plus pour reprendre son souffle que pour méditer cette affirmation qu'il avait dû lire des milliers de fois. Derrière eux, l'escalier blanc déroulait son ruban rectiligne le long de la pente de la colline jusqu'à l'esplanade qu'ils avaient quittée dix minutes plus tôt.

— Tout va bien ? demanda Blade en voyant la sueur qui coulait sur le front du Premier Conseiller.

— Ce fichu escalier finira par avoir raison de moi..., fit Mardigan avec un sourire un peu forcé. Mais rencontrer le Prophète est une chose qui se mérite.

Blade fronça les sourcils.

— A t'entendre, on dirait qu'il ne descend jamais parmi vous...

Mardigan s'essuya le front du revers de la main, sans prendre garde à toutes les gouttes de sueur qui avaient dévalé le long des traits osseux de son visage pour aller imbiber la broussaille de son bouc.

— Mais c'est le cas ! Arandayan nous a expliqué dès le premier jour que Satoth lui interdisait de quitter les abords de la colline. Pourquoi ? Il ne nous l'a jamais dit. Je suppose que les dieux sont ainsi. Après tout, personne n'a jamais compris pourquoi la Loi de Kumi interdisait de manger les animaux vivant dans les forêts sacrées...

Une réflexion qui ramena de mauvais souvenirs dans l'esprit de Blade.

— Entrons ! dit-il pour changer de sujet.

Au même instant, trois hommes âgés, revêtus du même manteau en toile que Mardigan surgit hors du dôme.

— Ah, tu fais bien de venir, lança le plus grand d'entre eux en découvrant le Premier Conseiller. Le Prophète veut te voir d'urgence.

Aucun des trois n'accorda la moindre attention à Blade et le trio entreprit de descendre les marches immaculées. L'éloignement les fit de plus en plus ressembler à des coccinelles rouges parcourant un rouleau de papier.

— Les derniers préparatifs de la Fête rendent toujours Arandayan un peu nerveux, expliqua Mardigan en passant devant Blade.

— Parce que c'est là que Satoth montre sa

puissance, n'est-ce pas ? Si son Prophète ne peut pas quitter les lieux, je suppose que Satoth ne peut pas le faire non plus.

Le Premier Conseiller s'immobilisa et se tourna vers lui.

— Ne *veut* pas le faire, dit-il d'un ton un peu sec. Surveille ton langage quand nous serons devant Arandayan

Encore un détail bizarre, songea Blade en trouvant que les points d'interrogation étaient décidément de plus en plus nombreux dans cette histoire.

Le dôme ressemblait à une cathédrale glacée. Son architecture et sa finition n'avaient rien à voir avec celles de l'escalier d'accès et des colonnades qui escortaient celui-ci.

Ses lignes étaient d'une telle pureté, son sol et ses parois d'une telle netteté, qu'il laissait l'impression d'être une image virtuelle et non réelle. L'infime bourdonnement qui imprégnait l'air rappela à Blade celui du laboratoire de Lord Leighton.

Le sol, d'un rouge plus clair que celui de l'esplanade principale, s'arrêtait avec la netteté d'un coup de rasoir au pied du mur d'une noirceur que seul l'espace intergalactique pouvait concevoir. Et des milliers de gros points lumineux constellaient cette chape de nuit qui s'abattait sur celui qui entrait dans le Temple.

Le peu de lumière venant de l'extérieur pénétrait par l'énorme lentille colorée qui se découpait au sommet de la construction. Une lentille qui avait sa sœur jumelle disposée exactement à sa verticale sur un socle géant surgissant du sol. Une barrière légère courait tout autour de celui-ci pour apparemment empêcher quiconque de s'en approcher de trop près.

Au milieu de la lentille basse, dont les couleurs changeaient sans cesse, se dressait une courte colonne de trois mètres de haut. A son sommet se trouvait une plate-forme circulaire supportant un siège aux formes amples et majestueuses.

L'homme qui s'y trouvait assis fit un petit signe de la main en voyant Blade et Mardigan s'avancer vers lui. Des dizaines de personnages affairés parlant à voix basse allaient et venaient autour d'eux sous le dôme.

Arandayan s'était enveloppé d'un grand manteau rouge qui dissimulait la quasi-totalité de son corps et une partie du siège. Seules ses mains étaient visibles. Une coiffure enveloppante, rouge elle aussi, masquait sa tête, à l'exception du visage dont les traits étaient difficiles à deviner. Un peu comme s'il était recouvert par une épaisse couche de maquillage.

Le Premier Conseiller fit discrètement comprendre à Blade de le suivre jusqu'à la barrière. Lorsqu'il toucha le métal de celle-ci, Blade se demanda comment les forgerons locaux avaient bien pu faire pour obtenir une telle perfection...

— Je suis heureux de te voir, Mardigan, laissa tomber le Prophète d'une voix profonde, presque inhumaine, mais qui seyait parfaitement à sa fonction. Qui est cet homme qui t'accompagne ?

Le Premier Conseiller jeta un regard rapide à Blade, puis reporta son attention sur Arandayan.

— Un ami venu de l'autre côté du Monde, d'un pays nommé Angleterre, si éloigné d'ici que le nom de Satoth n'y représente encore guère plus qu'une rumeur, à ce qu'il m'a expliqué.

Blade se présenta et saisit la perche tendue involontairement ou non par le père de Naïasha. L'occasion d'en apprendre un peu plus était trop belle pour ne pas la saisir.

— Je suis venu pour écouter, pour apprendre et, qui sait, pour devenir le premier porte-parole de Satoth en Angleterre...

Le Prophète se pencha légèrement.

— Louable intention, émit la voix de basse. Si tu as l'esprit ouvert, ce que tu verras au cours de la Fête ne pourra que te convaincre de la grandeur de Satoth et de celle du dessein qui l'anime.

— Et qu'est-ce que je verrai ? lança Blade

en essayant de lire dans le masque lointain du Prophète dont les yeux semblaient le fixer avec une insistance particulière.

— Que le Monde existe hors du Monde, répondit Arandayan en accentuant encore ses effets de voix. Et maintenant, je te demande de nous laisser car j'ai une foule de détails à régler avec Mardigan. Mais reviens me voir une fois la Fête terminée. Je suis sûr que nous aurons des choses à nous dire.

— C'est exactement mon impression, murmura Blade en s'éloignant pour faire le tour de l'intérieur du dôme.

La visite ne lui apprit rien de particulier, sinon la confirmation de l'impression qu'il avait eue en entrant ; le Temple était très différent de toutes les autres constructions du pays. Un peu comme une pièce rapportée.

Les étoiles disposées sur la paroi du dôme étaient reliées entre elles et dessinaient des constellations, malheureusement inconnues de Blade. Mais c'était là la preuve que l'enseignement de Satoth représentait une énigme dans cet univers fermé. Et Blade aurait bien aimé savoir d'où venait exactement Arandayan...

Pendant la discussion entre le Prophète et Mardigan, Blade eut le loisir d'examiner chaque pouce du sol du dôme, tout en évitant de se faire remarquer par les nombreux adeptes qui tourbillonnaient autour de lui comme des insectes sociaux en plein travail.

Après examen, il en déduisit que le dôme était l'œuvre d'une technologie évoluée qui n'avait rien à voir avec celle, primitive, des habitants du Monde. Satoth était peut-être un dieu, mais la magie n'avait probablement pas sa place dans ses agissements...

Mardigan retrouva Blade près de la porte.

— Nous allons devoir retourner en ville, lui dit-il en le poussant vers l'extérieur. La Fête débute ce soir et j'ai encore mille choses à régler !

Alors qu'ils allaient s'engager dans l'escalier, Blade scruta la frontière nette qui existait entre la dernière marche et l'étroit palier menant à la porte.

— Qui construit le Temple ? demanda-t-il au Premier Conseiller.

Mardigan, qui se trouvait déjà à hauteur de la première colonne, s'arrêta et se retourna.

— Décidément, on sait bien peu de chose sur Satoth dans ta lointaine Angleterre... Personne n'a construit le Temple. Il est simplement sorti un jour de la colline, le jour où Satoth a décidé de nous envoyer son Prophète.

Sorti de la colline ?

Dès la fin de l'après-midi, les esplanades étaient noires de monde. Seul un espace ceinturé de barrières amovibles, devant le pied de l'escalier, restait dégagé. Sur une estrade on avait disposé trois sièges confortables, celui du milieu légèrement surélevé par rapport aux autres.

— C'est celui de Darlen, expliqua Naïasha. Mon père sera assis à sa droite et Vanker, le général en chef de notre armée, à sa gauche.

— Que vient faire un militaire là-dedans ? s'étonna Blade. Je croyais que le Prophète prêchait la non-violence...

Naïasha haussa les épaules pour repousser l'allusion, ce qui fit voltiger quelques mèches de sa crinière.

— Arandayan a toujours pensé qu'avoir l'armée avec soi était une bonne chose. Pas pour s'en servir mais pour avoir une assurance au cas où les choses s'envenimeraient avec des partisans de Kumi. Il dit que ça pourrait arriver le jour où le culte de Satoth se sera répandu dans le Monde entier.

— Il y a longtemps que l'armée de Qar a fait la guerre ?

— Dix ans, dit Naïasha.

Blade hocha la tête.

— Alors, ça signifie que l'armée risque fort de ne pas faire long feu face à un ennemi déterminé. Sauf si elle a un chef capable de tirer l'impossible de ses hommes. Souviens-toi du peu d'efficacité des gardes d'Isek ou de Tanner...

Naïasha se rapprocha de lui.

— Je te trouve bien pessimiste.

— Réaliste, corrigea Blade. J'ai beaucoup fréquenté les soldats de mon pays, de quelques autres aussi, et la guerre est loin de m'être étrangère.

— Décidément, tu es un homme mystérieux, Richard Blade, laissa tomber la jeune femme en le prenant par le bras. Je crois que c'est ça qui a plu à mon père. Ah, voilà Darlen !

La foule qui avait envahi l'esplanade principale s'écarta en son milieu comme les eaux de la Mer Rouge devant Moïse pour laisser passer un cortège précédé par des joueurs de cymbales. Derrière eux, vingt gardes en uniforme rutilant s'avançaient sur quatre rangs.

Darlen avait laissé un espace d'une dizaine de mètres entre les gardes et lui. C'était un homme âgé, de taille moyenne, qui semblait avoir du mal à remplir ses amples vêtements de cérémonie rouge et or.

Mardigan et le général Vanker le suivaient à quelques pas. Si le Premier Conseiller avait conservé sa tenue habituelle, le chef militaire avait revêtu un uniforme bleu électrique et un couvre-chef emplumé qui lui donnaient un air de général de république bananière. Vingt autres gardes fermaient la marche à bonne distance derrière eux. Et, presque sur leurs talons, la foule reformait sa masse compacte.

Les musiciens et les premiers rangs de soldats s'écartèrent pour se disposer de chaque côté de l'estrade. Darlen et ses deux conseillers montèrent d'un pas égal et allèrent prendre place sur leurs sièges.

Quelques minutes plus tard, Kumi commença à s'obscurcir, comme pour montrer sa désapprobation.

Une vague de murmures excités parcourut l'immense foule regroupée autour du Temple. Blade se pencha vers l'oreille de Naïasha.

— Au fait, pourquoi Darlen a-t-il décidé de mettre ton pays au service de Satoth ?

— Officiellement parce qu'il pense que le fait que le Temple ait surgi près de la capitale démontre que les Qaris sont le peuple élu de Satoth.

— Et officieusement ?

— Parce qu'il a su exploiter l'émotion provoquée par l'apparition du Temple pour éliminer définitivement celui qui s'apprêtait à le renverser et qui, lui, avait commis l'erreur de se faire le défenseur intransigeant de Kumi.

Une clameur stoppa net les explications de la jeune femme.

Dans la nuit tombante, un énorme rayon de lumière violacée jaillit du sommet du dôme, curieusement stoppé, tronqué, comme par un coup de rasoir géant, à moins d'un kilomètre d'altitude. L'immense colonne resta inchangée quelques instants, puis des éclairs presque blancs montèrent le long de sa paroi, se rejoignant au sommet, y formant petit à petit une sphère aveuglante.

Lorsque cette boule, ce concentré d'éclairs, eut atteint sa masse critique, elle explosa en silence et projeta au loin des particules lumineuses qui se stabilisèrent pour former un champ d'étoiles réparti dans un espace de deux à trois kilomètres de côté.

Blade apprécia la beauté et la grandeur cosmique de ce déploiement de pyrotechnie silencieuse, mais il ne partagea pas pour autant l'ébahissement général. En affinant sa vision au maximum, il finit par constater que la « nuit » n'avait pas exactement la même qualité, la même texture, quand on plaçait le regard entre les étoiles. Il lui devint clair que tout n'était qu'une projection, sans doute de type holographique, réalisée de l'intérieur du Temple, relayée par la lentille géante du dôme.

Loin au-dessus de la foule, une partie des étoiles commença à se colorer, d'autres à se rapprocher en systèmes doubles, triples ou en amas. La représentation partielle d'un ciel galactique évoluait sous les yeux des pèlerins abasourdis qui ne devaient pas saisir les implications de ce qu'ils voyaient.

— Alors, que penses-tu de ça ? demanda Naïasha. Qu'est-ce que Kumi a à répondre à un tel pouvoir ?

— Kumi n'a rien à répondre car il n'a

jamais été un dieu, rétorqua Blade. Ce n'est qu'une gigantesque boule de lumière placée au centre du monde pour y assurer la vie.

La jeune femme eut un sourire.

— Je vois que Satoth t'a déjà conquis...

— Conquis ? Je n'en sais rien et j'attends de voir, répondit Blade avec une mine pensive. Mais intrigué, ça oui...

D'autant plus qu'il était sûr maintenant que c'était de la haute technologie qui se dissimulait derrière les agissements de Satoth et de son Prophète.

Dans le ciel nocturne et sous l'œil sombre de Kumi, le spectacle continuait à se déployer. Le souffle coupé, la foule regardait la représentation du cosmos. Soudain, elle poussa une sorte de soupir lorsqu'il y eut un effet de zoom sur un des secteurs.

Coupé des autres par un jeu de la projection holographique, le secteur grossit très vite et finit par prendre la place du ciel étoilé. On y voyait une poignée de soleils scintillants, la plupart d'un jaune doré. Un seul était une géante rouge.

La foule, saisie d'admiration par ce prodige qu'elle avait pourtant déjà vu plusieurs fois, aux dires de Naïasha, fut subitement tétanisée par la voix du Prophète. Les paroles tombant du ciel étaient retransmises par un moyen invisible leur conférant ainsi la majesté qui convenait à un discours venu en droite ligne du pays des dieux.

— *Ô peuple de Qar et vous, pèlerins venus en paix d'Ashanka et d'ailleurs, Satoth vous salue !*

Une clameur lui répondit. Toutefois, Blade nota que Naïasha n'y participait guère. Elle devait toujours penser aux actes de violence qu'elle avait commis.

En fait, Naïasha pensait plutôt à celui qu'elle s'était juré de perpétrer contre le capitaine Hardo. Après, il serait toujours temps de se plier au pacifisme de Satoth !

La voix d'Arandayan se manifesta à nouveau.

— *Ce que vous voyez là, fils de Satoth, c'est l'univers tel qu'il existe au-delà du Monde !*

L'ensemble d'étoiles se mit à tourner lentement sur lui-même, tel un joyau exposant l'éclat de toutes ses facettes à un public conquis. Puis l'effet de zoom se manifesta à nouveau. Les étoiles s'écartèrent, la géante rouge disparut et il ne resta bientôt plus qu'un seul astre jaune, ressemblant à une étoile de type G, la famille à laquelle appartenait le Soleil des Terriens.

Il y eut un bref clignotement suivi de l'apparition d'une demi-douzaine de planètes orbitant autour de l'étoile jaune à des distances différentes.

— *Le Monde est comme l'une de ces boules qui tournent autour de leur étoile. Et, le jour venu, Satoth vous permettra de la contempler ! De voir sa lumière et de connaître sa chaleur.*

Cette fois, un sourd murmure parcourut la foule. Un murmure où se mêlaient peur, incrédulité et fascination.

— Ça doit être effrayant de ne plus avoir l'impression d'être protégé, dit Naïasha.

— Pense plutôt à la sensation d'ivresse que cela doit procurer de voir au-dessus de sa tête un ciel immense, lui répondit Blade. Je pense que c'est cela que ce spectacle veut faire comprendre à tout le monde.

L'impressionnant son et lumière se poursuivit encore plus d'une heure, enseignant à la foule à quel point l'univers pouvait être magnifique et fascinant, à quel point il méritait d'être connu.

Régulièrement, la voie du Prophète intervenait pour marteler que Kumi n'était rien d'autre qu'une énorme lampe qui ne méritait plus le culte qu'on lui avait porté depuis des millénaires et que l'heure était venue pour les habitants du Monde de devenir adultes.

Autant d'affirmations que Blade était sans doute le seul à pouvoir apprécier à leur juste valeur. Mais il n'entrevoyait pas pour autant le but poursuivi par Satoth, ce « dieu » high-tech qui s'était donné pour mission de manipuler une humanité arriérée et enfermée dans un monde hors normes

Pour en savoir plus, il lui faudrait parvenir à rencontrer le Manipulateur qui devait se cacher derrière tout ça. Ce n'était sûrement pas Arandayan, mais le Prophète représentait inévitablement la seule voie d'accès au mystère.

Autant dire que Blade allait profiter de son invitation à le rencontrer dès la fin de la Fête...

Lorsque le son et lumière tira sur sa fin, Naïasha demanda à Blade de la raccompagner jusque chez son père. Blade, qui estimait qu'il n'en apprendrait pas plus maintenant, s'empressa d'accepter.

Devant la porte de sa chambre, la jeune femme se retourna soudain pour l'embrasser. Mais quand leurs lèvres se séparèrent, elle lui fit comprendre qu'elle ne désirait pas que les choses aillent plus loin.

Blade la regarda disparaître avec déception puis entra dans sa propre chambre, certain d'avoir lu dans les yeux verts de Naïasha que quelque chose était brisé en elle.

CHAPITRE XII

— Qu'as-tu pensé du spectacle de la Fête de Satoth ? demanda Arandayan.

Aucun muscle de son visage ne bougeait pendant qu'il prononçait ces paroles. Blade se trouvait debout contre la barrière entourant la lentille au sol et l'observa attentivement.

Si la Fête battait maintenant son plein en ville, avec son cortège de marchés, de spectacles et de défoulements collectifs, le Temple connaissait, lui, une période de calme. Une vingtaine d'adeptes erraient pourtant sous le dôme en discutant à voix basse entre eux.

— Ne pourrions-nous pas discuter dans un lieu plus tranquille ? fit Blade.

— Je n'ai rien à cacher à qui que ce soit, répondit la voix de basse du Prophète. Satoth n'est pas un dieu qui affectionne les secrets.

Blade se redressa et fixa de nouveau l'homme perché sur son fauteuil, toujours dissimulé par ses vêtements ainsi que par sa coiffe rouge.

— Je me permets d'insister, dit-il. Je ne crois pas que les adeptes apprécieraient les questions que j'ai à te poser...

Il y eut un silence, tout juste malmené par le bourdonnement qui imprégnait l'espace intérieur du dôme. Puis, pour la première fois, Arandayan bougea en se penchant en avant :

— J'ai appris qu'un phénomène curieux s'était produit dans la forêt sacrée proche d'Isek, dans l'Ashanka. La texture du continuum espace-temps y a été brisée au cours d'une fraction de seconde. Comme si une matérialisation d'un corps venu du vide interdimensionnel s'y était produite...

Blade déglutit sous l'effet de la surprise.

— Oui, et alors ? Quel rapport avec...

Arandayan émit ce qui pouvait passer pour un petit rire amusé.

— Tu n'es pas de ce monde, Richard Blade. je l'ai su dès que je t'ai vu. Tu es trop différent de ces gens.

— Mais c'est insensé...

Le Prophète leva la main pour l'interrompre.

— Tu connais les étoiles. Il n'y avait qu'à t'observer hier pendant que tu regardais les constellations représentées sur les parois de ce dôme. Et si tu connais les étoiles, c'est que tu n'es pas un habitant du Monde. Et si tu n'en es pas un, il y a de très fortes probabilités pour que tu aies un lien avec le dysfonctionnement momentané du continuum dans la région d'Isek. A moins que tu puisses me prouver que tu étais ici avant cet épisode...

Blade jeta un regard autour de lui. Mais personne ne semblait se soucier de ce que venait de dire le Prophète. Ne semblait même avoir entendu.

— Depuis quelques instants, un écran de force invisible nous protège des oreilles indiscrètes..., déclara Arandayan. Alors ?

— Je ne suis pas d'ici, concéda Blade, sentant qu'il était inutile de finasser plus avant. Et c'est bien moi qui suis apparu près d'Isek. Satisfait ?

Le Prophète se redressa.

— Je ne serai satisfait que lorsque je saurai tout sur toi. Mais cela peut attendre.

Blade lâcha la rambarde et fit quelques pas. Le trône d'Arandayan tourna en même temps que lui.

— A mon tour maintenant de poser des questions, dit-il après s'être soudainement arrêté. Satoth n'est pas plus un dieu que moi un habitant du Monde. Alors, *qui est-il ?*

Le Prophète ne répondit pas tout de suite et Blade eut la sensation qu'il paraissait consulter quelqu'un.

— *Sehs Abra Tikann Ods Tal Hakren,* laissa-t-il subitement tomber d'une voix égale.

Grâce au pouvoir que lui conférait l'ordinateur de la Tour de Londres, Blade put traduire instantanément, même sans connaître cette langue qui n'avait rien à voir avec celle parlée dans cette partie du Monde. Mais il évita de le faire savoir au Prophète et laissa celui-ci assurer la traduction en qari. Inutile de divulguer tous ses petits secrets...

— Ce qui signifie, pour le commun des mortels ?

— Tu ne fais pas partie du commun des mortels, fit remarquer Arandayan. Cela veut dire *Système de Réactivation des Perspectives Intellectuelles*...

— Un peu plus de détails ne serait pas inutile, même si je ne fais pas partie du commun des mortels...

Le Prophète secoua la tête.

— Nous en resterons là pour le moment. J'ai déjà pris un grand risque en te confirmant la nature artificielle de Satoth et je vais attendre d'en savoir plus sur toi pour aller plus loin. Car il se pourrait que tu me sois utile...

Blade tenta de le faire changer d'avis. En vain. Finalement, il quitta les lieux avec encore plus de points d'interrogation qu'il n'en avait à son arrivée...

Satoth essayait apparemment de « réactiver les perspectives intellectuelles » des habitants de cette partie du Monde en leur montrant l'immensité de l'univers. En les habituant par avance à un contact avec cette immensité. Cela signifiait donc que la coque fermée du Monde n'allait peut-être pas tarder à s'ouvrir d'une manière ou d'une autre et que ses habitants allaient se retrouver confrontés à l'horreur du vide au-dessus de leur tête...

Blade parcourut à pied le chemin séparant le Temple et ses esplanades de Dekarad. Après la grande démonstration nocturne, les festivités s'étaient en grande partie repliées vers la ville, livrée à une foule bourdonnante et dont les rues, déjà colorées, étaient envahies de banderoles et de pavois.

Sur la route qui se faufilait entre les champs et les bosquets d'arbres à feuilles bicolores, seuls subsistaient les stands et échoppes divers réservés aux pèlerins et dont la contribution principale à la Fête de Satoth se résumait en une hausse des tarifs.

Blade entra dans la ville en même temps qu'un groupe de quatre cavaliers dont les montures semblaient hors d'haleine. Après avoir brièvement discuté avec les sentinelles, les quatre soldats se ruèrent vers le centre de Dekarad avec une précipitation qui éveilla l'intérêt de Blade. Celui-ci accosta un des gardes qui venaient de faire dégager la porte.

— Ils avaient l'air drôlement pressés, dis donc !

Le garde examina Blade de la tête aux pieds et s'aperçut qu'il portait des vêtements de prix. Et le garde savait par expérience qu'il fallait toujours se montrer accommodant avec un homme susceptible de donner un bon pourboire.

— Ils ont dit qu'ils venaient de la côte Ouest et qu'ils apportaient des nouvelles très importantes.

— Et qui voulaient-ils voir ? demanda Blade en sortant une pièce de sa bourse.

Le garde fit mine de n'avoir rien remarqué.

— Darlen en personne. On leur a dit qu'avec un peu de chance ils pourraient le trouver au palais avant qu'il ne le quitte pour prononcer son grand discours de la journée.

Blade remercia le garde et la pièce changea de propriétaire. Mû par un mauvais pressentiment, Blade accéléra le pas et prit la direction de la demeure de Mardigan. Il lui était impossible d'entrer au palais mais s'il se passait quelque chose d'important, le Premier Conseiller serait averti en priorité.

En fait, Blade arriva devant la maison de Mardigan alors qu'un garde du palais sautait de cheval avec un message pour le maître des lieux. L'homme intercepta le père de Naïasha alors que celui-ci s'apprêtait à sortir.

Mardigan fronça les sourcils et déroula le parchemin frappé du sceau personnel de Darlen. Il parcourut rapidement les quelques lignes qui y avaient été jetées à la hâte puis referma le document.

— Va dire à Darlen que j'arrive sur-le-champ, ordonna-t-il au messager.

Dès que celui-ci eut quitté les lieux, Mardigan prit Blade par le bras et l'entraîna dans un coin de la cour à l'écart des allées et venues du personnel.

— Je suppose que c'est grave ? dit Blade.

Le visage de Mardigan devint un masque.

— Très. Une flotte de guerre s'approche de la côte Ouest de Qar. Apparemment elle battrait pavillon ashanka...

— Quoi ? s'étonna Blade. Mais je croyais que toute la région était en paix...

Mardigan tritura son bouc.

— Les maîtres de l'Ashanka n'ont jamais digéré que Qar change de religion d'État. Je ne crois pas que ce soit uniquement par intégrisme religieux, contrairement à ce qu'ils prétendent. En réalité, c'est le nouveau pouvoir que peut représenter le culte de Satoth qui les dérange. C'est un peu comme dans une course de rats du Karsh quand on se croit avec le meilleur animal et qu'on s'aperçoit dans les derniers tours qu'un concurrent le menace sérieusement. Alors, on peut être tenté d'empoisonner sa nourriture à la halte de ravitaillement suivante ou de s'arranger pour qu'il ait un accident.

— L'Ashanka aurait donc opté pour

l'accident..., laissa tomber Blade en hochant la tête.

Mardigan serra les poings.

— Ce que je ne comprends pas, c'est pourquoi notre agent à Kusco ne nous a pas avertis. Il était fatalement au courant... A moins qu'il soit arrivé quelque chose à son messager en cours de route ?

Un affreux pressentiment traversa l'esprit de Blade. Et si ce messager avait été Gelb ? Après tout, les dates correspondaient et *L'Opale de Blaski* avait la réputation d'être le bateau le plus rapide entre Tanner et Qar... Mais il était trop tard pour perdre du temps en de telles suppositions.

— Et qu'est-ce qui les a décidés à nous tomber dessus ? grommela Mardigan. Bien sûr, il y a ce bruit qui court depuis hier qu'un juge de Kumi aurait été assassiné par des partisans de Satoth, mais ce n'est que de l'intoxication ! Et pourtant, Satoth sait que je donnerais cher pour tenir entre mes mains celui d'Isek et pour avoir la permission du Prophète de l'étriper lentement, comme il l'a fait à mon fils !

Mardigan se tut soudain comme s'il venait de se rendre compte qu'il avait trop parlé.

— Je suis au courant pour Davos, dit Blade. Et si par hasard c'était, justement, le juge d'Isek qui avait été assassiné, quelle serait ta réaction ?

Un tic parcourut le visage triangulaire du Premier Conseiller.

— J'irais moi-même embrasser son assassin, que ça plaise à Satoth ou pas !

— Même si c'est peut-être celle qui a déclenché la guerre avec l'Ashanka ? demanda Blade, étonné par la violence dont faisait subitement preuve Mardigan.

— Cela, je te le dirai quand tout sera fini et si nous arrivons à nous débarrasser de notre agresseur. Ce dont je ne suis pas certain. Bon, je file au palais. De ton côté, va avertir Naïasha de ce qui se passe, mais que personne d'autre ne soit au courant !

Au moment où il allait partir, Blade lui empoigna le bras.

— Que vaut Vanker ? Et votre armée ?

Mardigan ne répondit rien, mais son regard apprit à Blade qu'il ne s'était guère trompé dans son évaluation de la veille...

Le bruit de l'approche de la flotte d'invasion, que l'horizon inversé avait permis de repérer de loin, se propagea à toute vitesse dans la ville. Une chape de peur s'abattit sur la Fête de Satoth et étouffa toutes les manifestations en l'espace de quelques heures. Banderoles, étalages et pavois furent démontés pendant que tous les hommes valides se précipitaient vers la caserne centrale qui fut bientôt si encombrée qu'il devint impossible d'y pénétrer. Dans le même temps, des courriers partirent à bride abattue pour avertir le reste de la population de Qar.

Blade était en train de remonter le moral à Naïasha qui se considérait comme la responsable de tous les malheurs du Monde lorsqu'un garde frappa à la porte.

— Le Prophète désire te voir immédiatement, déclara l'homme. Un cheval t'attend devant la demeure.

CHAPITRE XIII

Arrivé devant le Temple, tout au bout de l'esplanade, Blade sauta de son cheval et grimpa quatre à quatre les centaines de marches enserrées entre les deux rangées de colonnes. Le souffle court, il pénétra sous le dôme.

Il détecta, immédiatement, un changement : il y avait désormais des militaires parmi les adeptes rattachés au service direct du Prophète. Arandayan le vit entrer et, de son fauteuil haut perché, lui fit signe d'approcher et de rejoindre Mardigan qui était déjà là et se tenait accoudé contre la rambarde.

— Tu devrais faire attention à ne pas monter trop vite ces marches..., dit Blade en voyant les traits tirés du Premier Conseiller qui respirait avec une certaine difficulté.

— Plus personne ne peut entendre nos paroles, laissa tomber la voix de basse du Prophète. Le champ de force est activé. Mardigan, que se passe-t-il exactement ?

Le Premier Conseiller se mordilla involontairement la lèvre inférieure. De son côté, Blade remarqua avec un certain étonnement qu'Arandayan ne semblait pas avoir de moyens de surveillance à sa disposition, alors que Satoth avait pu détecter son irruption à lui dans le continuum espace-temps local.

— Un deuxième messager est juste arrivé au palais avant que je parte, jeta Mardigan. Apparemment, les troupes s'apprêtent à débarquer. Les bateaux battent pavillon ashanka mais il semblerait qu'il y ait même quelques anciens pirates wisingers parmi eux...

— Combien de navires ? s'enquit Blade.

— Une bonne cinquantaine, si on en croit le message. Et sur le vaisseau amiral se trouveraient un certain nombre de dignitaires religieux. Ils veulent faire croire que c'est une expédition contre des hérétiques.

— Et qu'est-ce que Qar a à opposer cette invasion ? demanda Arandayan.

Mardigan eut un soupir.

— Sur le papier, nous sommes plus forts que ces maudits Ashankas, mais ce n'est qu'une illusion. Pour la plupart, nos soldats ne sont pas entraînés et nos officiers ne sont que des pantins de cour comme Vanker. L'ennemi va pouvoir débarquer sans peine et se préparer à marcher sur Dekarad. Et je n'ose penser à ce qui va arriver quand ils verront ce Temple surgir devant eux...

— Nous n'en sommes pas encore là, le coupa Blade. N'y a-t-il pas, tout de même, quelques unités d'élite à terre, quelques navires dont les capitaines et les équipages soient des têtes brûlées mais expérimentées ?

Le père de Naïasha réfléchit rapidement.

— Si, il y a la Légion de Koney et quelques anciens pirates reconvertis dans le commerce légal et qui rêvent de se venger de l'Ashanka qui a « nettoyé » la Mer Mauve. Mais ça ne va pas peser lourd face à une force importante et organisée.

— Je n'en suis pas si sûr..., rétorqua Blade. On a souvent vu des hommes peu nombreux, motivés et bien entraînés, venir à bout de forces très supérieures. A condition d'être commandés par de véritables stratèges aux idées novatrices. Des gens qui savent sentir la bataille et qui ne se contentent pas d'appliquer les recettes des manuels étudiés à l'école.

Mardigan regarda Blade avec un air surpris. Il y eut un bref silence, rompu par le Prophète :

— Nous allons nous occuper de Vanker.

Une feuille de papier parut comme par magie entre les mains d'Arandayan, qui y écrivit rapidement quelques lignes. Puis il fit signe à un adepte qui monta sur la lentille colorée incrustée dans le sol et vint prendre le message, puis s'éclipsa en courant.

— Vanker est incapable de prendre la moindre décision sensée, grommela Mardigan. Il est si terrifié de devoir jouer son rôle de chef de guerre qu'il donnerait n'importe quoi pour partir ailleurs.

— Cher ami, nous allons donc exaucer le vœu le plus cher de notre général en chef en lui proposant de céder sa place sous un prétexte quelconque avant que la catastrophe soit définitive. Je me charge d'obtenir l'approbation de Darlen.

Les doigts de Mardigan se mirent à pianoter sur le métal de la rambarde.

— Ce serait la meilleure idée de l'année à condition d'avoir quelqu'un d'efficace pour remplacer Vanker, soupira-t-il.

Il y eut un léger sifflement et, pour la première fois, Blade vit la plate-forme soutenant le fauteuil du Prophète descendre vers eux. Elle s'arrêta à moins d'un mètre de la grande lentille aux couleurs sans cesse changeantes. Vu de plus près, le visage encadré de tissu rouge d'Arandayan ressemblait encore plus à un masque. Seuls ses yeux paraissaient vivants.

— Richard Blade, accepterais-tu de faire quelque chose pour rejeter les Ashankas à la mer ?

— C'est une tâche délicate, répondit prudemment Blade qui avait eu le pressentiment qu'on en viendrait là en voyant la lueur qui avait traversé le regard du Prophète après ses remarques sur la stratégie. Et quelle va être la réaction des officiers, sous-officiers et soldats qaris s'ils se retrouvent avec un chef inconnu et, surtout, d'origine étrangère ?

— Par Satoth, il a raison ! intervint alors Mardigan qui ne savait plus sur quel pied danser car, à son avis, le Prophète allait un peu vite en besogne. Il faut discuter de tout cela avec Darlen et les autres membres du Conseil.

Le Prophète se redressa dans son fauteuil.

— Et quand vous aurez fini de discuter, l'ennemi sera aux portes de Dekarad. Mardigan, tu as l'air d'oublier que c'est Satoth lui-même qui parle, par ma bouche. Satoth qui possède les moyens et la sagesse d'un dieu pour juger les hommes et leur valeur en seulement quelques instants. Et si mes souvenirs sont bons, tu n'avais pas fait autant de difficultés lorsque je t'ai choisi tout aussi vite que je le fais maintenant à propos de Blade pour devenir mon envoyé auprès de Darlen...

— Très bien, capitula le Premier Conseiller. Après tout, cela ne pourra pas être pire qu'avec Vanker.

Le champ de force disparut et les deux hommes se dirigèrent d'un pas rapide vers la sortie du dôme. Mais au moment de s'engager dans l'escalier, Blade demanda à son compagnon de l'attendre et retourna voir le Prophète.

— Tu as oublié de me dire quelque chose ? fit Arandayan en clignant des yeux.

Blade lui fit signe de remettre le champ de force.

— Quelle est la portée du projecteur holographique dont tu te sers pour les spectacles... éducatifs comme celui de la nuit dernière ?

— Un peu plus de cent cinquante kilomètres au maximum, afin de conserver une image suffisamment nette pour être crédible. Mais cela permet à Satoth de dispenser son enseignement jusque sur les rivages les plus éloignés de Qar. Pourquoi cette question ?

— Simple renseignement, se contenta de répondre Blade avant de retourner rejoindre le Premier Conseiller.

Le général essayait de masquer sa fébrilité par des effets de manches et de grandes paroles qui n'impressionnaient personne.

— Calme-toi, général, lui intima Darlen. Nous ne sommes pas ici pour te juger.

Vanker s'immobilisa, et le bleu agressif de son uniforme d'opérette cessa aussitôt de renvoyer des reflets des lampes à huile suspendues en guirlandes au plafond.

— Je ne suis pas dupe, Darlen, lança-t-il. J'ai été nommé à ce poste en raison de la position de ma famille et parce que depuis que Satoth veille sur nous personne ne s'attendait à ce que Qar se retrouve réellement en guerre. Tant qu'il ne s'est agi que de faire la police dans le pays, j'ai été à la hauteur, mais je n'ai jamais appris à mener une guerre. Si Satoth a décidé que cet homme est capable de le faire, je lui cède ma place sans discuter...

Darlen hocha la tête avec une expression bizarre. Tout comme Blade et Mardigan, il était soudain frappé par la détresse morale de cet homme qu'il avait jusque-là plutôt méprisé. Il s'était attendu à une explosion de colère et un grand numéro de courtisan outragé et il découvrait que Vanker était bien plus lucide qu'il ne l'avait cru.

Darlen hésita une seconde puis chiffonna le document qui se trouvait devant lui sur l'imposante table en bois rougeâtre qui occupait à elle seule une bonne partie de son bureau personnel. Il sortit un parchemin du coffret aux formes arrondies qui trônait avec une certaine ostentation près d'un sous-main en cuir vert.

Vanker s'avança presque jusqu'à toucher la table.

— Je voudrais une sortie honorable, dit-il d'une voix étreinte par l'émotion. Je ne veux pas être la risée de tout le pays !

— Je pensais te faire nommer ambassadeur au Pays de Jaske, avoua Darien, mais, à y réfléchir, je ne pense plus que ce soit une bonne idée de t'envoyer dans ce trou. Nous allons donc trouver autre chose.

Blade s'approcha du général.

— Peut-être pourrais-tu charger notre ami d'une mission diplomatique dans les pays bordant la Mer Mauve pour obtenir leur soutien contre l'Ashanka ? Cela pourrait se révéler très utile au cas où je ne réussirais pas...

Darlen interrogea Vanker du regard. Le général acquiesça d'un bref mouvement de la tête.

— Je trouve que c'est une excellente idée, déclara Mardigan lorsque Darlen lui demanda son avis.

— Alors, c'est fait, dit Darlen en tendant la main à Vanker. Tu auras tous les autres documents officiels dans quelques heures et je te conseille de partir au plus vite pour ne pas avoir de problèmes en route.

Vanker poussa un soupir, salua tout le monde et se dirigea vers la porte. Au moment de la passer, Darlen l'appela.

— Je me souviendrai de ce que tu as fait ce soir, Vanker. Et sache que j'ai toute confiance en toi en ce qui concerne ta mission.

— Merci, se contenta de répondre le général avant de quitter les lieux.

— Les hommes peuvent s'avérer quelquefois surprenants..., dit Darlen en s'asseyant dans son fauteuil en bois sculpté. Décidément, ces dernières heures se sont révélées fertiles en rebondissements.

Ses vêtements trop amples se replièrent autour de son corps maigre pendant qu'il parlait.

— Et maintenant que te voilà nommé général en chef par la volonté de Satoth, reprit-il au bout de quelques secondes, quels sont tes plans ?

Blade réfléchit un instant.

— Avant tout, j'exige que ma proclamation soit accompagnée du serment que je fais de quitter mes fonctions aussitôt que la situation sera redevenue normale. En outre, je voudrais que cette nomination soit présentée comme étant une suggestion de Vanker.

Mardigan fronça les sourcils, ce qui lui conféra momentanément une expression quelque peu diabolique.

— Mais quel manque d'ambition ! Par Satoth, une victoire sur les envahisseurs te procurerait une popularité des plus enviables !

Blade eut un rapide sourire un peu forcé.

— Je n'ai que faire des honneurs. Je ne reste jamais longtemps au même endroit et lorsque je me bats pour quelque chose, ce n'est jamais pour de l'argent. Je ne suis pas un mercenaire.

— Très bien, approuva Darlen en se calant contre le dossier de son siège. Je vais finir par croire que Satoth nous a réellement trouvé un homme sortant de l'ordinaire. De quoi as-tu besoin ?

Après s'être appuyé contre le bord de la table, Blade se passa la main dans ses cheveux bouclés.

— Tout d'abord, des cartes de Qar les plus détaillées. Ensuite, il faut que je rencontre au plus vite le commandant de la Légion de Koney car j'ai cru comprendre que c'était la meilleure unité de votre armée.

— Aucun problème, répondit Darlen. J'ai déjà envoyé un messager pour ordonner à Koney de venir ici. Quoi encore ?

Blade leva les yeux vers le plafond et son regard parut se perdre entre les poutres épaisses.

— Il me faudrait aussi le navire civil le plus rapide que tu puisses faire réquisitionner. Celui sur lequel je suis venu, par exemple, *L'Opale de Blaski*.

— Les marchands n'aiment pas les réquisitions, fit remarquer Mardigan.

— J'en suis persuadé, mais le capitaine Hardo a une dette envers moi, rétorqua Blade, plus sèchement qu'il ne l'aurait voulu.

— Est-ce tout ? questionna Darlen.

— Non. Il me faudrait aussi du charbon réduit en poudre, du soufre et du salpêtre.

— Bien. Mardigan va s'occuper de tous ces détails. Le charbon est rare mais on devrait en trouver.

Le Premier Conseiller s'inclina brièvement et quitta le bureau. Darlen se leva dans un froissement de tissu, fit le tour de la table et s'approcha de Blade.

— Qui es-tu en réalité ? lui demanda-t-il. Pourquoi suis-je poussé à te faire confiance alors que ton nom m'était encore inconnu il y a quelques heures à peine ? N'importe qui trouverait cela absurde et insensé.

— L'intuition, répondit Blade. Et je suis un atout que personne n'attendait dans le jeu de Qar. Comme quoi, Satoth a plus d'un tour dans son sac, n'est-ce pas ? conclut-il avec une assurance qu'il était loin d'éprouver.

CHAPITRE XIV

Hardo regarda s'éloigner la côte de l'île avec un air plus que maussade.

Depuis que *L'Opale de Blaski* s'était fait réquisitionner au moment où il s'apprêtait à quitter le quai de Prestan, le capitaine n'avait pas décoléré. Et sa mauvaise humeur était montée encore d'un cran quand il s'était aperçu que les soldats qui montaient à bord avec leur petite cargaison de tonnelets étaient commandés par personne d'autre que ce fichu étranger qui avait accompagné la fille à la crinière noire quelques jours plus plus tôt...

Mais Hardo avait eu beau tempêter, Blade s'était montré inflexible. Et quand il avait menacé de dévoiler ce qu'il savait sur lui et Naïasha, Blade lui avait fait remarquer qu'il ne pourrait plus jamais entrer dans le port qari si on apprenait quel genre de chantage il avait fait pour coucher avec la propre fille du Premier Conseiller.

Il évita, par contre, de lui parler du drame

que lui avait joué Naïasha quand elle avait appris sur quel navire Blade allait embarquer.

C'est à ce moment-là que Blade avait pleinement pris la mesure de la haine et du désir de vengeance qui animaient la jeune femme. Et qu'il avait enfin mis le doigt sur l'origine du changement qu'il avait senti chez elle. Mais, Dieu merci, Blade avait réussi à la dissuader de l'accompagner.

Le capitaine avait enfin baissé pavillon et Blade avait pu poursuivre la mise au point de sa téméraire expédition de la dernière chance ; une mise en scène orchestrée avec Arandayan, destinée à frapper l'ennemi qui était en train de prendre position sur la plus grande plage de Qar avant de foncer au travers de l'île en direction de Dekarad.

Le tout était d'arriver avant que l'expédition ashanka ne se lance à l'assaut de l'île.

Car après, la ruse de Blade ne vaudrait plus rien et l'affaire serait sans doute réglée en moins d'une semaine en dépit de la bonne volonté des troupes peu expérimentées que Blade avait fait déployer dans les endroits les plus stratégiques de Qar. Il avait juste réservé la plus grande partie de la Légion de Koney et deux unités un peu plus compétentes que les autres pour foncer à marche forcée vers la tête de pont adverse. Dans un certain sens, ce déploiement tenait plus de l'intoxication que de l'art de la guerre : il fallait que l'ennemi croie que c'était là la seule tentative militaire qari.

Hardo haussa une dernière fois les épaules en pestant contre les empêcheurs de commercer en rond qui venaient, non seulement de lui faire perdre une cargaison, mais qui s'apprêtaient, en outre, à jouer la vie de son bateau et de son équipage alors que lui n'avait strictement rien à faire de savoir qui gouvernait à Qar ou si Satoth valait mieux que Kumi. La seule chose évidente, c'est que cette histoire était mauvaise pour les affaires !

Pendant que le capitaine regagnait ses quartiers après avoir vérifié que la voilure était en place, Koney vint rejoindre Blade d'un lent pas de félin parfaitement ajusté aux mouvements du bateau.

C'était un soldat exceptionnel, Blade l'avait senti tout de suite. Autant les gardes et autres soldats divers et trop variés de Qar se singularisaient par leur manque d'entraînement, autant les mille hommes de la Légion de Koney représentaient ce qu'on pouvait attendre de mieux. Et parmi ce millier d'hommes, Blade avait choisi lui-même la centaine qui allaient l'accompagner dans son raid contre les forces ashankas.

Koney s'accouda au bastingage près de Blade. Les deux hommes étaient à peu près de la même taille mais le Qari paraissait moins athlétique. Ce qui ne voulait rien dire car on devinait chez lui la force et la résistance du marathonien. Son visage était plutôt osseux et son nez avait été cassé à plusieurs endroits.

Il se gratta les cheveux qu'il avait aussi noirs que ses yeux. Il avait senti que Blade était un spécialiste du métier des armes mais il avait encore du mal à faire totalement confiance à un chef tombé littéralement du ciel.

— C'est la première fois que je pars en mission sans en connaître la moitié du plan, grommela-t-il. Et qu'est-ce qu'il y a dans ces tonnelets ?

— La moindre fuite, même involontaire, serait une catastrophe, répondit Blade. Tu seras mis au courant dès que nous serons en vue de la flotte ashanka et que *L'Opale de Blaski* se sera métamorphosé en vrai vaisseau pirate ! Voilà qui rappellera sûrement des bons souvenirs au capitaine...

— Alors, que Satoth soit avec nous..., laissa tomber Koney. Je vais un peu bouger mes gars. A tout à l'heure.

Blade savait que Satoth était avec eux et sa seule prière fut qu'il n'y ait pas un grain de sable qui se glisse dans la mécanique au dernier moment.

Quelques minutes plus tard, Blade abandonna à son tour le bastingage et partit rejoindre le capitaine dans ses quartiers.

Hardo n'y avait pas mis beaucoup de bonne

volonté mais Blade était parvenu à le convaincre qu'il avait tout intérêt à calculer la meilleure route pour atteindre la baie où mouillait la flotte adverse, juste après la tombée de la nuit, le lendemain. Ce qui voulait dire que pour respecter le délai *L'Opale de Blaski* allait devoir soumettre sa mâture à une pression extrême pour contourner Qar. Un défi que pratiquement aucun autre voilier de la Mer Mauve n'était capable de relever.

Toute l'opération était calculée pour se dérouler sur le fil du rasoir et c'était sa faiblesse. Et sa force aussi car, pour l'ennemi, elle n'était même pas envisageable...

Vers la fin de l'après-midi du lendemain, *L'Opale de Blaski* se rapprocha de la côte escarpée afin d'échapper jusqu'au dernier moment à la vue d'éventuelles vigies situées au large de la baie abritant la flotte ashanka et bénéficiant des avantages de l'horizon inversé qui permettait de voir à des distances incroyables.

Le navire s'était métamorphosé. Des plaques de bois de protection avaient été fixées à intervalles réguliers le long du bastingage pour permettre à des archers de se mettre à couvert entre deux tiers. Des planches solides protégeaient aussi le poste de l'homme de barre. En haut du mât principal, le drapeau rouge et noir des pirates claquait si vite dans le vent qu'il donnait l'impression d'être en vibration perpétuelle. Et tout ce qui pouvait laisser penser que le voilier était un honnête bateau de commerce avait été enlevé.

De son côté, l'équipage avait également adopté une apparence plus agressive. Les hommes étaient armés jusqu'aux dents. A l'exception de ceux qui étaient indispensables à la manœuvre et de Hardo, Blade avait fait aligner tout le monde sur le pont, y compris les soldats de Koney qui avaient endossé une tenue similaire à celle de l'équipage.

Blade fit le tour de son commando puis revint se poster auprès de Koney qui suivait l'opération d'un regard un peu lointain, aux côtés d'un Hardo guère enchanté à la perspective de jeter son voilier dans la gueule du loup.

— Dans peu de temps, nous allons doubler le dernier cap qui nous sépare de la flotte ennemie, commença-t-il. La nuit devrait tomber à peu près au même moment et l'heure est venue de vous en dire plus sur la mission que nous allons accomplir.

— Enfin ! grommela Koney à voix basse.

Blade fit mine de ne pas avoir entendu et poursuivit d'une voix égale :

— Vous savez que plusieurs vaisseaux pirates ont rejoint les Ashankas qui les avaient pourtant pourchassés et vaincus il y a quelques années de cela. Ils l'ont fait parce qu'ils ont estimé qu'il valait mieux se trouver de ce qu'ils croient être le bon côté. Pour eux, la victoire des Ashankas ne faisant pas de doute, ils se sont dit qu'il y aurait des miettes à grappiller en s'alliant à leurs anciens ennemis. Les affaires avant tout, comme dirait le capitaine Hardo.

Quelques rires fusèrent dans les rangs.

— Nous allons donc nous faire passer pour un allié de la dernière heure venant mettre des hommes au service du commandant de l'expédition ennemie. Et pour cela, je vais me présenter sur leur vaisseau amiral comme le nouveau capitaine de *L'Opale de Blaski* en disant que j'ai envoyé mon prédécesseur nourrir les poissons de la Mer Mauve. Hardo et son navire sont trop connus pour faire autrement.

— Et tu crois que ta visite va les effrayer au point de lever l'ancre dans l'heure ? ironisa le capitaine.

Blade acquiesça.

— Ça se pourrait bien, vois-tu. Nous savons que des dignitaires religieux sont sur le vaisseau amiral dont les voiles ont été décorées de l'emblème de Kumi. Ils sont là pour démontrer que Satoth n'est qu'un faux dieu incapable de défendre son prétendu peuple élu. Mais, malheureusement pour eux, Satoth m'a inspiré pour leur prouver le contraire...

— Je ne comprends toujours pas, dit Koney, sans trace d'agressivité dans la voix.

— La réponse se trouve dans les tonnelets remplis d'une poudre noire qui ont été chargés à bord, expliqua patiemment Blade, et dans le choix que j'ai fait parmi tes légionnaires. Souviens-toi que je t'ai demandé de ne me désigner que des hommes qui savaient parfaitement nager.

Koney fronça les sourcils, qu'il avait de longueur inégale suite à un coup de couteau reçu dans sa jeunesse.

— J'y suis... Pendant que tu vas aller amuser les grands chefs militaires et religieux sur le navire amiral, nous, on va se jeter à l'eau avec tes fichus tonnelets, c'est ça ? Mais pour quoi faire ?

— Pour les fixer discrètement à la coque du navire amiral, dit Blade. Et vous en prendrez le plus grand soin car la poudre qu'ils contiennent est la seule que j'aie pu fabriquer... sur l'inspiration de Satoth, ajouta-t-il pour faire bonne mesure. Si vous perdez ces tonnelets, Qar sera vaincue et Satoth deviendra un objet de risée pour les adeptes de Kumi.

— Très bien, fit Koney. Et qu'est-ce qui se passera après ?

Blade le leur dit et tous pensèrent qu'il était fou à lier.

L'Opale de Blaski doubla le cap rocheux qui s'avançait comme une griffe géante dans les eaux teintées par les myriades de micro-organismes mauves. En même temps, suivant l'horaire établi, Kumi se mit à perdre de la luminosité et le paysage distordu du Monde entra petit à petit dans le crépuscule.

Sur le navire, l'équipage et les légionnaires prirent position et entrèrent dans leur rôle de pirates. Hardo se glissa dans une cachette à fond de cale avec ordre de ne plus en sortir jusqu'à la fin des événements. Ceci pour éviter que quelqu'un ne reconnaisse sa face de bouledogue pendant la vérification qu'ils allaient forcément subir avant qu'on les laisse s'approcher du vaisseau amiral.

Et puis Blade n'avait qu'une confiance limitée en lui et il n'était pas fâché d'avoir là un bon prétexte pour s'en débarrasser le temps de l'opération.

La nuit était pratiquement tombée lorsque *L'Opale de Blaski* se présenta à l'entrée de la baie. La plupart des vaisseaux ennemis avaient allumé des lanternes le long de leur coque ou en haut de leurs mâts. Le spectacle de ces formes, souvent ventrues et assoupies, sur les eaux calmes recouvertes par la nuit aurait été agréable à regarder en d'autres circonstances.

Mais l'apparition de deux longs canots fonçant à grands coups de rames dans leur direction ramena vite Blade à la réalité.

— Messieurs, la pièce va commencer ! lança-t-il. Tous à vos postes et débrouillez-vous pour que le pire des pirates croie reconnaître un frère en chacun de vous, compris ?

Un murmure général lui répondit.

Un des canots accosta le voilier pendant que le second restait prudemment à l'écart dans la nuit et hors de portée des archers dont on devinait la présence sur le voilier. Le premier navire de la flotte d'invasion, un gros trois-mâts ventru de transport, ne se trouvait pas à plus de deux cents mètres de là. Ses lanternes d'un jaune doré éclairaient juste assez l'arrière de son pont pour qu'on puisse y distinguer les silhouettes des Ashankas en train d'observer l'arrivée du nouveau venu.

Blade fit signe de dérouler une échelle de corde jusqu'au canot. Un instant plus tard, un officier à l'air méfiant, accompagné de six hommes prêts à sortir leur épée, posa le pied sur le pont.

— Bienvenue à bord de *L'Opale de Blaski !* claironna Blade en s'avançant vers eux. Je suis le capitaine Blade. J'ai remplacé feu le capitaine Hardo qui avait un peu perdu le sens des réalités.

— Lieutenant Bolk, se présenta sèchement l'officier. Que venez-vous faire ici ?

— Ce qu'ont déjà fait quelques pirates : nous mettre au service de l'Ashanka pour l'aider à en finir avec ces hérétiques de Satoth ! En dehors du navire et de son équipage, j'ai une petite centaine d'hommes à bord qui ne demandent qu'à tailler les Qaris en pièces.

— Je peux visiter le bateau ? demanda Bolk qui visiblement n'aimait pas les discours.

— Mais bien sûr...

Blade avait soigneusement manœuvré pour que la poupe du voilier soit orientée vers le large, d'où personne ne pouvait les observer.

Alors que Bolk et trois de ses hommes descendaient dans les cales avant, Koney jeta un coup d'œil par l'ouverture qui laissait passer la commande du safran du gouvernail. Dès qu'il fut certain que personne ne le voyait, il se faufila par le trou et se glissa sans bruit dans l'eau. Vingt autres légionnaires l'imitèrent tout aussi discrètement.

Puis on commença à leur faire passer les deux douzaines de tonnelets de poudre noire imperméabilisées à la graisse que Blade avait fait fabriquer en grand secret avant leur départ. Attaché à chacun des petits tonneaux se trouvait un sac, lui aussi imperméabilisé, contenant une mèche et de quoi fixer l'ensemble au bois d'une coque.

Au signal de Koney, les légionnaires s'éloignèrent silencieusement dans la nuit en évitant les abords du second canot.

Leur cible principale, le gros vaisseau amiral qui ressemblait à une forteresse posée sur l'eau, les attendait à un bon kilomètre de là, la coque illuminée d'un bout à l'autre.

CHAPITRE XV

Le lieutenant Bolk inspecta minutieusement *L'Opale de Blaski,* mais ne trouva rien de suspect. A sa réapparition sur le pont, il se dirigea vers Blade.

— Je vais devoir t'emmener sur le vaisseau amiral. On verra ce que Daman, Sund et les autres diront de ta proposition. Je laisse trois de mes hommes ici. Question de place dans le canot.

— Je n'y vois aucun inconvénient, répondit Blade avec un certain soulagement intérieur. D'autant que je puis alors emmener mes deux lieutenants avec moi...

Bolk hocha la tête.

— Mais vous laissez, tous les trois, vos armes ici.

— Cela va de soi, dit Blade.

Pour l'instant, le plan fonctionnait comme prévu et sa visite sur le vaisseau amiral donnerait le temps nécessaire pour piéger celui-ci et le vaisseau le plus proche de lui.

Juste avant de quitter le bord, Blade fit signe aux autres de s'occuper des trois soldats ashankas.

Au moment où le canot s'éloigna de *L'Opale de Blaski,* les nageurs conduits par Koney avaient déjà parcouru les deux tiers de la distance les séparant de leurs cibles. Ils ne tardèrent pas à se séparer en deux groupes identiques.

Ils parvinrent à pied d'œuvre alors que Blade posait le pied sur l'échelle de coupée du vaisseau amiral.

— Ainsi, voilà un allié de la dernière heure ! s'exclama l'amiral en reposant son couteau à côté de son assiette remplie à ras bord de viande.

Attablés avec lui, les quatre dignitaires de Kumi, vêtus de robes noires frappées du soleil d'or, affichèrent des sourires condescendants. Ils étaient moins gras que Daman mais étaient loin de faire pitié. A côté d'eux, le général Sund se laissa aller contre le dossier de son siège tout en s'essuyant le gras qui maculait ses lèvres et son menton. Son uniforme bleu nuit et rouge était déjà taché à hauteur de la poitrine.

— Pas de la dernière heure, amiral, répondit Blade d'un ton sec. Je me trouvais à Prestan en cale sèche quand j'ai appris la nouvelle. Il m'a fallu le temps de venir, c'est tout !

— Et qu'attends-tu de ta participation à l'hallali contre ces hérétiques et leur chef sénile ?

Blade fit quelques pas, s'approcha de la table.

— Des facilités de commerce pour mon bateau. Un document m'évitant de payer des taxes dans les ports de l'Ashanka, par exemple...

L'amiral fronça ses sourcils ridiculement fins par rapport à l'épaisseur de ses traits.

— C'est tout ?

— Ça représente un dixième de l'argent que je peux espérer gagner chaque année, répondit Blade.

Les deux officiers et les dignitaires religieux se penchèrent sur la table et se regardèrent longuement.

— Voilà qui nous change des conditions exorbitantes de tes collègues pirates repentis, dit le plus vieux des religieux en rompant le silence.

— En affaires, il faut savoir ne jamais tirer trop sur la ficelle, fit Blade.

L'amiral tortilla son corps adipeux sur son siège pour lui faire face.

— Combien d'hommes peux-tu débarquer ?

— Presque cent. Et ils sont bien entraînés. Je me charge de les payer et je ne demanderai rien pour ceux qui seraient tués ou estropiés à vie.

Les chefs ashankas se consultèrent à nouveau du regard.

— Je pense que c'est là un marché correct. Affaire conclue, capitaine. Demain, je te ferai envoyer mon trésorier avec les documents avant le début de l'attaque. Maintenant que notre tête de pont est bien installée, le moment d'agir est venu. C'est à croire que nous n'attendions plus que toi... Lieutenant, ajouta-t-il en s'adressant à Bolk, veuillez les ramener à leur bateau !

— On m'a souvent dit que j'avais un certain talent pour arriver au bon moment, répondit Blade. Bonne soirée, amiral, et à vous aussi, mes seigneurs.

Blade tourna les talons, suivi par les deux légionnaires qu'il avait fait passer pour ses lieutenants.

Dans la flaque d'ombre projetée par le château arrière du vaisseau amiral, Koney vissa sa tarière dans le bois de la coque et y fixa le tonnelet. Puis il installa la mèche en prenant soin de ne pas la mouiller et la raccorda au tonnelet voisin. Autour de lui, il ne restait déjà plus que trois hommes, les autres étant repartis après avoir accompli leur mission.

Koney vérifia du regard que les tonnelets, disposés en deux grappes de chaque côté du gouvernail, étaient tous reliés entre eux et que les deux mèches principales étaient bien disposées comme le leur avait expliqué Blade.

Ensuite, il commença à son tour à s'éloigner sans bruit du navire à l'ancre, en espérant que l'autre groupe avait réussi sa mission identique sur le vaisseau le plus proche.

Le canot filait entre les deux navires piégés en direction de *L'Opale de Blaski.* Maintenant que tout avait été réglé avec l'amiral, Bolk semblait un peu plus détendu et accordait moins d'attention à ses passagers.

Une distraction qui s'avéra fatale pour lui car il ne vit pas Blade et les deux légionnaires tirer leur poignard qu'ils avaient fixé le long de leur mollet sous le tissu du pantalon.

Ensuite, tout se passa à la vitesse de l'éclair. Bolk eut la gorge tranchée et fut à peine conscient de basculer dans l'eau pendant que les deux Qaris perforaient méthodiquement la poitrine des rameurs les plus proches. Les deux derniers Ashankas n'eurent même pas le temps de crier à l'aide avant d'être éliminés à leur tour.

Après avoir neutralisé leurs adversaires, Blade s'arrangea pour que les rameurs soient bloqués en position assise sur leurs bancs de nage, de façon à donner le change au cas où quelqu'un s'intéresserait au canot désormais immobile à égale distance des deux vaisseaux piégés.

— Je vais y aller, dit Blade en vérifiant que les deux sacs imperméabilisés contenant chacun un briquet à silex étaient toujours là, sous sa tunique. Et vous, vous ne bougez sous aucun prétexte, tant que je ne suis pas revenu, compris ?

— Compris, général.

Blade glissa dans l'eau. Juste avant de s'éloigner, il avertit une dernière fois les deux hommes de ne pas s'en faire, même si des événements extraordinaires se produisaient...

Blade parcourut les trois cents mètres qui le séparaient du vaisseau amiral et ne tarda pas à se retrouver à la hauteur du grand safran du gouvernail. Un rapide coup d'œil lui apprit que Koney et ses hommes avaient fait ici du bon travail.

Désormais, il ne lui restait plus qu'à attendre l'intervention de Satoth...

L'amiral se resservait un verre de vin quand un tourbillon de lumière apparut dans le ciel au-dessus de la flotte. Il poussa un couinement de surprise et faillit lâcher la carafe en cristal. Les autres convives sursautèrent et levèrent la tête. Un concert de cris jaillit un peu partout sur les bateaux et sur la plage envahie par les tentes.

Le tourbillon de lumière se stabilisa puis, rapidement, forma une image gigantesque. Celle du visage du Prophète de Satoth fixant les envahisseurs d'un regard mauvais.

— *Que faites-vous là, hommes de peu de foi, adorateurs d'un faux dieu ?* tonna une voix terrifiante. *Qui êtes-vous pour vous attaquer à Satoth en personne ?*

— Mais qu'est-ce que c'est..., hoqueta l'amiral en reposant son verre.

Les quatre dignitaires religieux étaient tétanisés et ne répondirent pas. Un silence de mort s'établit sur le grand navire frappé de stupeur.

— *Moi, Satoth, je pourrai vous détruire tous mais je vais faire preuve de mansuétude en ne m'attaquant qu'à vos chefs et aux représentants du faux dieu Kumi qui vous ont entraînés dans cette aventure insensée. Mais si, demain, il reste encore un seul navire et un seul soldat, alors ma colère n'aura plus de limites et aucun de vous ne reverra son pays !*

L'immense voix de basse relayée en même temps que l'hologramme se tut quelques secondes.

Le doyen des religieux reprit un peu ses esprits et se tourna vers Daman et Sund qui étaient restés bouche bée.

— Tout cela n'est qu'artifice ! s'exclama-t-il

sans grande conviction. Qu'une image dans le ciel !

L'amiral déglutit avec difficulté.

— Kumi n'a jamais été capable de faire ça ! lâcha-t-il en commençant à regretter d'avoir accepté cette mission qu'il croyait sans risques.

Cette pique redonna du courage au dignitaire religieux.

— Mais c'est Kumi qui donne la lumière et la chaleur nécessaires à la vie ! Pas ce maudit Satoth !

Comme si elle l'avait entendu, l'immense image déployée dans le ciel reprit tout à coup la parole :

— *Que meurent les infidèles !*

C'était le signal convenu avec Arandayan.

Blade se cala contre le gouvernail et fit fonctionner son briquet en le tenant le plus loin possible de l'eau.

Le silex n'émit une étincelle qu'à la deuxième tentative mais il en fallut encore une autre pour enflammer le cordon. Blade attendit que celui-ci ait bien pris puis alluma successivement les deux mèches principales.

Dès qu'il fut certain que rien ne pouvait plus arrêter leur combustion, il jeta le briquet à l'eau et se mit à nager énergiquement vers le canot, certain que, désormais, personne ne devait plus s'inquiéter d'autre chose que de l'immense visage menaçant penché sur la flotte d'invasion.

Moins d'une minute plus tard, une énorme explosion pulvérisa la poupe du vaisseau amiral, projetant une pluie de débris autour de Blade. Le feu se propagea ensuite dans les restes du navire qui commençait à sombrer par l'arrière.

En passant près du canot où les deux légionnaires suivaient le spectacle avec une expression d'épouvante, Blade leur cria de ne pas s'affoler et de l'attendre. Puis il poursuivit sa route vers le second vaisseau piégé.

Il venait juste de l'atteindre quand la terrible voix venue du ciel se manifesta à nouveau :

— *Et pour que vous compreniez bien que Satoth ne plaisante pas, regardez !*

La mèche s'enflamma et Blade repartit à nouveau précipitamment à la nage.

Le second vaisseau explosa à son tour et la panique se déclencha dans l'armée d'invasion.

Loin dans le ciel, le visage géant du Prophète afficha un sourire froid.

— *N'oubliez pas que tous ceux qui seront encore là demain subiront le même sort !*

Et il disparut dans un tourbillon de lumière qui s'évanouit à son tour, laissant la flotte pétrifiée autour des deux navires en feu qui n'en finissaient pas de sombrer.

Le premier officier ashanka à décider de lever le camp fut un commandant qui venait juste de débarquer sur la plage avec son unité de fantassins. Il ordonna à ses hommes de se saisir des canots les plus proches et de rembarquer à destination du navire qui les avait amenés.

Loin de là, le canot de Blade cogna contre la coque de *L'Opale de Blaski.* Koney et ses légionnaires venaient juste de rentrer et Blade ordonna d'appareiller en profitant du vent favorable.

Le départ du grand voilier ne fit qu'accélérer la panique parmi les Ashankas qui l'interprétèrent comme la première défection face à la colère de Satoth.

La nouvelle du rembarquement des Ashankas, apportée par des messagers qui avaient crevé plusieurs chevaux sous eux, éclata comme une bombe à Dekarad avant de se propager jusqu'à Prestan, où *L'Opale de Blaski* était attendue.

Quelques heures plus tard, le grand voilier racé et décoré d'une guirlande d'oriflammes colorées fit solennellement son entrée dans le port sous les acclamations d'une foule en délire agglutinée sur les quais.

— Ça va être un triomphe mérité pur toi, sourit Koney en se tournant vers Blade.

— Sans Satoth, je n'aurais rien pu faire, répondit diplomatiquement celui-ci.

Koney ne fut pas dupe.

— J'ai assez fait la guerre comme mercenaire avant de venir m'établir à Qar pour savoir reconnaître un coup de génie quand j'en vois un. Je veux bien croire que ce soit Satoth qui t'ait donné la recette de cette poudre infernale, mais le reste, c'est du grand art. J'espère que tu vas rester à la tête de l'armée de Qar en dépit des stupidités dont tu as assorti ta proclamation...

Blade secoua la tête.

— Non. Dès le retour de Vanker, je remets ma démission. Tout au plus pourrais-je lui servir de conseiller jusqu'au jour où je quitterai le pays...

— Quel dommage ! jeta Koney. Réfléchis encore un peu avant de prendre ta décision, veux-tu ?

Hardo vint les rejoindre à ce moment-là.

— Quand est-ce que je vais pouvoir repartir avec mon bateau ? Je n'ai pas que ça à faire, moi !

Il n'avait visiblement toujours pas digéré d'avoir dû passer toute l'attaque enfermé dans un réduit de la cale. Hardo avait été empêché d'être un héros et passerait pour le dindon de la farce aussitôt que l'histoire se propagerait dans tous les ports de la Mer Mauve. Blade trouvait pourtant qu'il s'en tirait bien, par rapport à ce qu'il avait fait à Naïasha.

— Tu ne restes pas avec nous pour la fête ? l'asticota Blade. Tes hommes vont être déçus...

Le capitaine lui jeta un regard meurtrier et un rictus découvrit ses dents, accentuant encore la ressemblance avec un bouledogue.

— Je sais que tu l'as fait exprès... général ! cracha-t-il. Alors, tu vas débarquer tes fiers-à-bras et t'iras faire la fête sans moi, d'accord ? Et je t'assure que tu as de la chance d'être devenu un héros national, sinon je t'aurais réduit en bouillie de mes propres mains !

L'Opale de Blaski toucha le quai avec un bruit sourd. A peine la passerelle avait-elle été abattue entre la coque et le quai que la foule s'y engouffra au risque de tomber dans l'étroit espace qui séparait le bateau et la terre ferme. Plusieurs audacieux n'hésitèrent pas à prendre leur élan et sauter directement sur le pont.

Blade fut le premier à apercevoir Naïasha. La crinière noire de la jeune femme dépassait au-dessus de la marée humaine. Très rapidement, Naïasha s'arrangea pour se faufiler jusqu'à la passerelle. Lorsqu'elle mit le pied sur le pont, celui-ci était déjà complètement envahi par des hommes et des femmes ivres de joie et de soulagement. Même Hardo paraissait se laisser aller et plaisantait avec tous ceux qui venaient le féliciter.

Blade cria le nom de la jeune femme mais celle-ci ne parut pas l'entendre. Il vit la crinière noire se diriger vers la tête de bouledogue du capitaine qui se trouvait au milieu d'un groupe qui le pressait de questions.

Incapable de bouger dans la cohue, Blade vit Naïasha frôler par-derrière le capitaine puis s'éloigner de lui et repartir en direction de la passerelle. Mû par un pressentiment, il la suivit du regard, puis reporta son attention vers l'endroit où se trouvait Hardo.

La tête du capitaine avait disparu.

— Bon sang, elle a réussi son coup ! jeta Blade en se jetant dans la foule.

Personne ne s'était rendu compte que Hardo avait été frappé à mort. La lame du poignard lui était entrée dans le dos et lui avait transpercé le cœur. Puis elle avait été retirée et discrètement jetée à l'eau. Le capitaine s'était affaissé, comme victime d'un malaise, mais la foule était si compacte qu'il n'arriva même pas à glisser jusque sur le pont.

Blade fit des pieds et des mains pour que les autres s'écartent et le corps de Hardo s'écroula enfin. Blade posa le doigt sur son cou. Il se rendit vite compte qu'il était trop tard et retourna tant bien que mal le corps sous les yeux de quelques hommes et femmes qui commençaient enfin à comprendre ce qui s'était passé. Il ne tarda pas à découvrir la tache rouge qui s'agrandissait sur le tissu clair de la tunique.

Blade poussa un soupir, appela deux légionnaires qui étaient à proximité, puis se jeta dans la foule pour se frayer un chemin en direction du bastingage donnant sur le quai. Il prit son élan et sauta à terre.

Il ne tarda pas à retrouver Naïasha qui attendait un peu plus loin, à l'écart de la cohue. Quand elle l'aperçut, la jeune femme poussa un cri de joie et courut se jeter dans ses bras.

— Par Satoth, qu'est-ce que je suis heureuse de te revoir ! s'exclama-t-elle avant de l'embrasser avec fougue.

Blade réussit à l'écarter.

— Hardo vient d'être poignardé ! souffla-t-il. Et je t'ai vu sur le bateau.

Le regard vert de la jeune femme le transperça.

— Qui pourra prouver quoi que ce soit ? demanda-t-elle. Hardo a été pire qu'une bête avec moi et je serai la première à applaudir s'il meurt...

— Il est mort, répondit Blade.

Un sourire s'installa sur les lèvres charnues de Naïasha et son visage se détendit.

— Alors, ça fait deux événements à fêter aujourd'hui ! dit-elle avant de l'embrasser à nouveau et de l'entraîner loin de la foule.

Mais Blade lui fit comprendre qu'elle

devrait patienter un peu car il avait bien l'intention de profiter de la fête qui s'annonçait sur le port.

Après tout, il l'avait bien mérité, se dit-il.

CHAPITRE XVI

La lumière de Kumi, le grand vaincu de la confrontation entre Qar et l'Ashanka, entrait discrètement, comme en catimini, par la fenêtre de la chambre voilée par un rideau translucide.

Blade ouvrit un œil, émergeant d'un rêve rempli d'images bariolées se projetant dans le ciel. En même temps, il y eut un hurlement continu, des menaces incompréhensibles à l'adresse d'une foule d'êtres humains en fuite. L'espace de quelques secondes, il eut du mal à se souvenir de l'endroit où il était. C'est alors que son bras toucha celui de Naïasha, ce qui eut pour effet de le réveiller d'un seul coup et pour de bon.

Se soulevant sur un coude, il contempla le corps nu de la jeune femme dont les seins opulents se soulevaient au rythme de sa respiration. Naïasha était allongée sur le dos, les jambes légèrement écartées, innocente et impudique dans l'abandon du sommeil. Sa crinière de lion noire recouvrait la quasi-totalité de l'oreiller glissé sous sa tête.

Blade hésita puis se pencha pour déposer un rapide baiser sur les lèvres entrouvertes. Voyant qu'il n'obtenait aucune réaction, il récidiva jusqu'à ce que la jeune femme commence à réagir. Mais quand Naïasha ouvrit les yeux, Blade comprit qu'elle avait fait semblant de dormir.

— Nous avons passé une nuit mémorable..., dit-elle en constatant avec soulagement qu'elle s'était définitivement débarrassée du sentiment d'horreur qui la parasitait depuis les assauts bestiaux de Hardo.

Elle se dit que c'était grâce à la prévenance, à la tendresse et au savoir-faire de Blade. Mais, tout au fond de son esprit, une petite voix s'éleva pour lui rappeler que le coup de poignard dans le dos du capitaine y avait été pour beaucoup...

— C'est aussi mon avis, répondit Blade avant de l'embrasser à nouveau.

Tout à coup, il sentit la main de Naïasha passer sous le drap et s'emparer de son sexe. Elle le fit rouler entre ses doigts jusqu'à ce qu'il devienne tendu et dur.

— Ferme les yeux, souffla la jeune femme.

Blade obéit sans discuter. Le drap s'écarta et il sentit la bouche de sa compagne se poser près de son nombril. Les lèvres se mirent à glisser doucement sur la peau de son ventre, accompagnées par le titillement de la langue. Bientôt, la bouche arriva à la base du sexe, le contourna lentement, puis remonta vers le gland que Naïasha venait de dévoiler.

Un soupir s'échappa de la poitrine de Blade. La langue entama un ballet de plus en plus rapide sur la peau hypersensible. Lorsque Blade ne put plus rester immobile, Naïasha cessa son manège et emprisonna en douceur le gland dans sa bouche. Le lent va-et-vient qui s'ensuivit ne tarda pas à transporter Blade aux limites de sa résistance.

Naïasha attendit le dernier moment puis lâcha sa prise. Elle se redressa sur le lit, enjamba le corps de Blade. Reprenant possession du sexe dressé, elle le dirigea lentement vers l'intérieur de ses cuisses et en frotta l'extrémité contre son clitoris avant de le faire glisser à l'intérieur de son ventre chaud et humide.

— Tu peux rouvrir les yeux, souffla-t-elle, en s'arrangeant pour que la pénétration soit la plus profonde possible.

Les mains de Blade se posèrent sur les globes des seins lourds et fermes et les pétrirent délicatement tout en jouant avec leurs bouts proéminents. Ensuite, elles redescendirent pour s'agripper aux hanches épanouies et accompagner le mouvement du corps de la jeune femme.

Blade fit un effort de concentration pour ne pas jouir avant elle, et quand Naïasha poussa un premier petit cri de plaisir, il libéra son énergie et l'orgasme les emporta tous les deux avec la puissance d'une cataracte plongeant dans un abîme infini.

Ils restèrent serrés l'un contre l'autre cinq bonnes minutes. Puis Naïasha se dégagea et s'arrangea pour amener son sexe contre la bouche de son amant.

— Mange-moi..., souffla-t-elle.

Blade et Naïasha, ragaillardis par un bain pris ensemble, quittèrent la chambre et découvrirent qu'une table les attendait avec des rafraîchissements et des gâteaux, non loin du bassin de la grande demeure. Mardigan était déjà là, assis, l'air décontracté, et sirotait un grand verre de jus de fruits.

— Je vois que vous avez passé une bonne nuit..., dit-il en se redressant. Venez donc vous asseoir et profiter de ce jour que Farlen et le reste du Conseil ont déclaré fête nationale ce matin à l'aube. Un fait si rare que je ne me souviens plus de la dernière fois où c'est arrivé !

Une fois installés, Blade servit Naïasha puis prit un verre.

— Nous l'avons échappé belle..., dit-il. Mais cette fois, je crois que Satoth va avoir la paix pour un moment. Cette mise en scène qu'il m'a inspirée va beaucoup servir pour sa popularité.

Mardigan se pencha vers la table et son visage aux airs un peu diaboliques redevint sérieux.

— En tout cas, il va falloir que tu nous donnes la recette de cette poudre mystérieuse dont on connaît les composants mais pas les dosages.

Blade secoua la tête.

— C'est hors de question. Satoth a fait en sorte que je ne m'en souvienne plus, mentit-il, car il redoute que cet explosif tombe entre les mains de gens peu recommandables. Mais que cela ne vous empêche pas de chercher..., ajouta-t-il pour atténuer ses propos.

Bizarrement, Mardigan ne parut pas être déçu.

— Je me doutais un peu de cette réponse. Décidément, tu es un homme sage... Plus sage et réfléchi que certaines personnes de ma connaissance, dit-il en se tournant vers sa fille.

Les yeux de Naïasha s'étrécirent. On aurait dit un chat acculé dans un coin s'apprêtant à défendre chèrement sa peau.

— Pourquoi me regardes-tu comme ça ?

Blade scruta le regard du Premier Conseiller et y lut la réponse.

— A mon avis, ton père a appris que le juge

de Kumi, dont la mort avait tout déclenché, n'était autre qu'Oviedan, le meurtrier de ton frère...

Il y eut un silence, brisé par Blade :

— Pourtant, si je me souviens bien, reprit-il à l'adresse de Mardigan, tu m'as dit que tu embrasserais la personne qui aurait le courage d'envoyer cet homme en enfer, n'est-ce pas ?

— Oui, répondit Mardigan après une hésitation. Et je le pense toujours.

Blade hocha la tête et reproposa un jus de fruits à tout le monde.

— Alors, fit-il en levant son verre, compte tenu que cette guerre n'a fait que des victimes chez l'ennemi et qu'elle a assis la réputation de Satoth, je propose que tu pardonnes à Naïasha de t'avoir menti en te disant qu'elle n'avait pas quitté l'île ces derniers temps. Et même chose pour ses deux amis, Dask et Welkir, qui ne vont certainement plus tarder à nous rejoindre, maintenant que la milice de Tanner aura d'autres chats à fouetter...

— Et me suggérais-tu en plus de ne parler à personne de cette... escapade ?

— Tu as la meilleure et la plus belle fille de Qar, répondit Blade avec un sourire. Inutile donc de ternir sa réputation... Et s'il y a un monde pour les âmes des défunts, celle de Favos doit se sentir apaisée maintenant que le crime d'Oviedan a été lavé dans le sang.

Un messager vêtu d'une tunique couleur abricot et d'un chapeau noir pénétra à cet instant dans la cour pour se diriger vers eux d'un pas pressé.

— Comme aurait dit une ancienne connaissance, soupira Blade en le voyant arriver, il semble que les affaires reprennent leur droit !

— Pardonnez-moi de vous déranger, mais le Prophète désire vous voir dès que possible, déclara l'homme à Blade et à Mardigan.

— J'espère que vous n'y passerez pas la journée, lança Naïasha. Depuis notre retour, je n'ai fait que te voir passer à la vitesse d'un courant d'air !

Elle fronça les sourcils quand Blade lui prit la main pour l'obliger à se lever.

— Je ne sais pas bien pourquoi, mais j'aimerais que tu nous accompagnes.

Un messager vêtu d'une tunique couleur abricot et d'un chapeau noir pointu a fait irruption dans la cour pour se diriger vers eux d'un pas pressé.

— Comme aurait dit une ancienne connaissance, soupira Blade en le voyant arriver, il semble que les affaires reprennent tout droit !

— Pardonnez-moi de vous déranger, mais le Prophète désire vous voir dès que possible, déclara l'homme à Blade et à Mardiam.

— [illegible] que vous n'y passerez pas la [illegible] à Naïssa. Depuis notre retour, je n'ai fait que te voir passer à la vitesse d'un courant d'air !

Elle fronça les sourcils quand Blade lui prit la main pour l'obliger à se lever.

— Je ne sais pas bien pourquoi, mais j'aimerais que tu nous accompagnes.

CHAPITRE XVII

En descendant de la voiture qui venait de se frayer un chemin parmi la foule massée depuis le matin sur l'esplanade principale, Blade songea qu'il était temps pour le Prophète de lui fournir quelques explications supplémentaires concernant Satoth et la « mission » dont celui-ci semblait investi.

Dès qu'il eut mis le pied par terre, il dut serrer Naïasha contre sa poitrine pour la protéger car il fut assailli par des dizaines d'hommes et de femmes qui voulaient voir de près et toucher le héros de la désormais fameuse Bataille de la Baie, ainsi qu'on l'appellerait désormais. Tout ça parce qu'un des légionnaires de Koney se trouvait là et avait poussé un cri en le reconnaissant...

Au milieu d'une vaste bousculade, Blade se dirigea, à grand-peine, vers le portique. S'il avait cru pouvoir se débarrasser d'une partie de ses admirateurs dès qu'il serait dans l'escalier, il en fut pour ses frais : la foule se répandit sur le flanc de la colline et monta en même temps que lui jusqu'à la porte du Temple.

Là, Blade et sa suite réussirent à échapper aux Qaris et se réfugièrent sous la protection du dôme dont l'accès était strictement réservé.

Mardigan et Naïasha étaient tous deux échevelés, leurs vêtements déchirés et froissés.

— Par Satoth, mais c'est du vrai délire ! Il va falloir que tu te déplaces avec une escorte pour écarter ces forcenés, fit Mardigan, essoufflé.

— On verra ça plus tard, répondit Blade. Pour l'instant, le Prophète nous attend.

Arandayan les regarda s'approcher sans faire le moindre mouvement. Autour de lui, les adeptes allaient et venaient avec un peu plus d'excitation qu'à l'habitude et se perdaient quelquefois en contemplation devant les étoiles accrochées à la paroi noire de l'intérieur du dôme.

Blade et ses deux amis posèrent les mains sur la rambarde encerclant la grande lentille au sol. Le Prophète se pencha légèrement en avant. Pour la première fois, Blade crut déceler une esquisse de sourire sur le masque de son visage. Sans pourtant en être totalement sûr. Arandayan fit un petit geste de la main droite.

— Plus personne ne peut entendre nos paroles, dit-il de sa voix de basse.

Naïasha fronça les sourcils.

— Comment ça ? Mais tous ces gens qui passent à côté de nous...

— C'est une force invisible qui empêche les sons de dépasser un certain périmètre autour de nous, expliqua Blade. Si tu fais attention, tu verras qu'on n'entend plus rien de ce qui se passe sous le dôme.

La voix profonde d'Arandayan les interrompit :

— Je tenais à te remercier pour l'aide inestimable que tu as apportée à Satoth et à Qar.

Blade sourit.

— Sans la puissance des images projetées dans le ciel, mon plan n'aurait pas abouti. Disons que c'est une heureuse association. Et une chance que j'aie trouvé de quoi fabriquer quelques tonnelets de poudre noire...

Le Prophète acquiesça du haut de son perchoir.

— Tu es un homme de ressources, Richard Blade. Cette histoire de poudre était une excellente idée de ta part...

Lorsqu'il entendit ça, Mardigan sursauta.

— Comment ça, une idée de toi ? demanda-t-il à Blade. Tu n'as cessé de raconter que c'était Satoth qui te l'avait inspirée, le temps de combattre les envahisseurs !

Un lourd silence s'installa, qui n'avait rien à voir avec un mauvais fonctionnement du champ de force. Ce fut le Prophète qui y mit fin :

— Il semblerait que j'aie fait une interférence dans tes plans, dit-il à Blade.

Blade réfléchit quelques secondes.

— C'est ce qu'on dirait, en effet. Pourtant, je crois qu'il serait peut-être temps de jouer cartes sur table et que tu nous dises ce qu'est vraiment Satoth et pourquoi il est là.

— Mais Satoth est un dieu ! s'étonna Naïasha.

Blade plongea son regard dans les yeux verts de la jeune femme.

— Au risque de te décevoir, non. Mais les pouvoirs qu'il possède peuvent apparaître aux habitants du Monde comme étant ceux d'une divinité.

Le Prophète leva la main.

— Il a raison. Mais j'aimerais que tout ceci reste entre toi et moi, Richard Blade.

Celui-ci secoua la tête.

— Pour ma part, il me semblerait plus sain que quelques personnes soient déjà au courant. Car je perçois que ce qu'on pourrait appeler l'opération Satoth est entrée dans une phase active.

— Comment peux-tu dire cela alors que tu ne connais rien des tenants et des aboutissants de cette histoire ?

Blade fit quelques pas en laissant ses doigts courir sur le métal de la rambarde.

— Appelle cela de l'intuition... ajoutée à une pincée de déduction. Je pense que le programme Satoth a été mis en route parce que, pour une raison ou pour une autre, l'humanité qui vit enfermée dans le Monde va devoir affronter, dans un avenir proche, la vision traumatisante pour elle d'un ciel donnant sur l'infini et, accessoirement, celle d'un Monde dont l'horizon paraîtra proche et donc bien moins sécurisant que le paysage enveloppant de cet univers-ci.

Mardigan et Naïasha le regardèrent avec des yeux ronds sans rien dire. Si Blade avait cru désarçonner le Prophète, il en fut pour ses frais. Conservant toujours la même mine impassible, Arandayan se contenta de tapoter du doigt sur le rebord de son siège.

— C'est exact, laissa-t-il tomber. Les peuples du Monde vont devoir bientôt affronter le Dehors... Mais pourquoi mettre notre ami et sa fille dans la confidence ?

Blade scruta en vain le masque du Prophète.

— Quand cet événement doit-il avoir lieu ? demanda-t-il après une dernière hésitation.

— Dans l'équivalent d'une année locale...

— Si vite ? s'étonna Blade. Au train où vont les choses, à ce moment-là il n'y aura pas plus de la moitié des habitants du Monde à être au courant des enseignements de Satoth ? Ce n'est pas deux personnes qu'il faut mettre dans la confidence pour qu'elles aident à la propagation du programme, mais des centaines ! Et comment se fait-il que Satoth se soit manifesté si tardivement ? Il y a une erreur d'appréciation manifeste et...

Blade se tut soudain.

— Non, reprit-il d'une voix plus sereine. Il n'y a pas d'erreur, mais un problème, c'est bien ça ?

Le Prophète bougea rapidement la main droite. Il y eut un léger sifflement et la colonne sur laquelle reposait le siège descendit jusqu'à toucher quasiment la surface de la lentille parcourue de vagues de lumière changeante. Jamais Blade n'avait vu Arandayan de si près. L'événement devait être rare car il s'aperçut qu'un certain nombre d'adeptes les fixaient avec une curiosité intense.

— Décidément, tu continues à m'étonner, murmura le Prophète. Tu as un véritable talent pour détecter la faille dans un système, que ce soit le plan d'une force d'invasion apparemment redoutable ou celui, pourtant beaucoup plus insaisissable, de ceux qui ont imaginé Satoth. Mais il est vrai que tu n'es pas d'ici, ce qui peut expliquer un certain nombre de choses...

— C'est à peu près ça..., répondit Blade qui sentait peser sur lui les regards de Naïasha et de son père. Alors, il y a vraiment un problème ?

Le Prophète acquiesça d'un mouvement de la tête.

— Ce Temple ne devait pas être le seul à sortir de Terre, avoua-t-il d'une voix égale. Il devait y en avoir trois autres, répartis à la surface du Monde de manière à ce que le culte de Satoth et, surtout, son enseignement soient rapidement diffusés et balaient le culte du Kumi imposé jusque-là. Malheureusement, un incident technique a fait que seul le Temple de Qar est sorti de Terre...

— Et tu serais donc passé d'un temple à l'autre pour répandre la bonne parole ? interrogea Blade.

Arandayan secoua la tête.

— Pas du tout. Chaque temple avait son prophète intégré.

Intégré ?

Blade vrilla son regard dans celui d'Arandayan et comprit enfin pourquoi celui-ci l'avait toujours un peu mis mal à l'aise avec ses manières bizarres et son visage immobile : le Prophète n'était rien d'autre qu'une machine à forme humaine, qu'un cyborg !

— Oui, tu as deviné, dit Arandayan dont les scanners avaient lu, eux aussi, dans les yeux de Blade. Les connaissances du Monde d'où tu viens t'ont permis de comprendre que je ne suis qu'une excroissance du système Satoth. Jusque-là, le fait que je ne semble jamais manger ni dormir et que je sois toujours perché sur cette plate-forme, jouait en ma faveur, car les Qaris et les pèlerins y voyaient la preuve de ma surhumanité...

— Mais qu'est-ce qu'il veut dire ? intervint subitement Naïasha. Je ne comprends plus rien, moi !

— Il veut dire qu'il est bien le Prophète de Satoth tout en étant autre chose qu'un homme, expliqua Blade. Au fait, poursuivit-il en se tournant à nouveau vers Arandayan, pourquoi les trois autres Temples ne sont-ils pas sortis de Terre ?

— Il y a eu une panne quelque part dans le cœur informatique qui gère le Monde. Une panne qu'il a été impossible de détecter. Il faut dire que ce genre d'incident était prévisible après tant de siècles...

Blade comprit qu'il allait toucher enfin au fond de l'histoire.

— Tant de siècles passés à quoi faire ?

Arandayan se cala au fond de son siège.

— A voyager dans l'espace.

CHAPITRE XVIII

Blade et les deux Qaris suivaient le Prophète qui marchait d'un pas d'une régularité toute mécanique dans le couloir aux murs beiges. Sa robe rouge s'y détachait telle une flaque de sang sur du carrelage d'hôpital. Quant à Mardigan et à Naïasha, ils étaient étreints par une telle stupéfaction qu'ils n'étaient pas arrivés à prononcer un seul mot depuis qu'ils avaient quitté le dôme.

Après avoir fait sa révélation, Arandayan avait en effet décidé qu'il était temps pour eux de poursuivre leur discussion dans un endroit à l'abri des regards.

Aussi avait-il appelé un adepte et lui avait-il dit qu'il emmenait le général Blade — le nouveau héros national — et ses amis dans le sanctuaire interdit prétendument situé sous le Temple car Satoth en personne voulait les remercier. L'absence du Prophète était un événement si rare qu'Arandayan dut répéter deux fois qu'il n'allait pas tarder à revenir.

— C'est ici, dit Arandayan en appuyant sur une serrure électronique. C'est une pièce aménagée pour la détente de quelques-uns des milliers d'êtres humains qui vont être réveillés pour superviser la phase finale du Plan.

Contrairement à Mardigan et à sa fille, Blade n'accorda aucune attention au mobilier ultra-moderne et fonctionnel de la pièce mais se dirigea vers ce qui était de toute évidence une console de contrôle informatique avec un écran de la taille de celui d'un gros poste de télévision. Blade remarqua des espèces d'écouteurs posés à côté du clavier sans touches apparentes et reliés par un fil argenté à la console.

— C'est un système permettant d'activer mentalement certaines fonctions, expliqua Arandayan. Maintenant, je vais vous raconter la plus prodigieuse histoire qui a pu arriver à l'humanité. Tout au moins à celle qui peuple cet univers-ci, précisa-t-il en jetant un regard entendu à Blade.

Le Prophète leur fit signe de s'approcher de la console puis pianota rapidement sur les touches réduites à l'état de dessin.

— Et voici quelques images qui seront plus éducatives que bien des paroles, ajouta Arandayan alors que l'écran s'allumait.

— Il y a trois mille ans, des astronomes de

notre peuple se rendirent compte que le système d'Elfor, qui était notre berceau et dont nous avions colonisé les sept planètes, était condamné. Notre soleil était en train de subir une mutation qui allait le conduire rapidement au stade d'une nova dont l'explosion balaierait tout le système.

« Après une période de panique, les autorités décidèrent de prendre les choses en main. En utilisant la technologie très sophistiquée de l'époque ainsi que tout ce que pouvait fournir le système en matériaux déjà présents dans l'espace sous forme d'innombrables astéroïdes issus de l'explosion de deux anciennes petites planètes.

« Cet effort sans précédent, étendu sur cinquante générations, permit de construire petit à petit l'Arche stellaire au cœur de laquelle nous nous trouvons. Lorsque tout fut prêt, il fut procédé à un tirage au sort dans tout le système pour savoir qui aurait droit à l'une des deux millions de places qu'il y avait à bord. Ce tirage au sort ne donna lieu à aucun incident sérieux puisque ceux qui n'étaient pas choisis savaient qu'ils pourraient terminer leur existence sans problèmes, notre soleil n'étant censé exploser que mille ans plus tard dans le pire des cas. Et puis, les vingt-cinq milliards d'habitants de notre système savaient que ce qui comptait avant tout, c'était de sauvegarder l'avenir de leur espèce.

« Il fallut vingt ans à l'Arche rien que pour sortir du système d'Elfor en jouant sur les forces planétaires et solaires. Ensuite, les immenses moteurs à antimatière installés à sa surface la propulsèrent dans le cosmos à la recherche d'un nouveau système dans lequel les hommes pourraient recommencer une vie.

« Il y a deux mille trois cents quarante-huit années elgoriennes que dure cette quête et tout montre qu'elle touche à sa fin. En effet, un système a été détecté il y a dix ans et nous nous apprêtons à nous mettre en orbite autour de la deuxième planète qui présente toutes les conditions requises pour accueillir les habitants de l'Arche.

« Ceux-ci seront guidés par les milliers de techniciens et de militaires cryogénisés depuis le départ et qui ne vont pas tarder à être réveillés. A la surface de l'Arche que vous nommez le Monde, se trouve une immense flotte de navettes spatiales stockées depuis plus de deux mille ans et dont une bonne partie est encore en état de marche. »

Le Prophète interrompit enfin son exposé.

Blade restait sans voix devant le prodige technologique réalisé par le peuple d'Elgor. Mardigan et Naïasha, eux, avaient déjà le plus grand mal à imaginer ce que pouvait bien être un système solaire.

— Voici votre nouveau monde, déclara alors Arandayan en faisant apparaître une image spatiale prise par des sondes-robots sur l'écran. Dans quelques mois, c'est là que les premiers d'entre vous s'installeront pour entreprendre la renaissance du peuple d'Elfor après un périple de dizaines de siècles dans la galaxie.

Naïasha poussa un cri de surprise terrifiée en découvrant les vues de l'espace noir et piqueté d'étoiles.

Blade prit Naïasha par le bras, la tira doucement en arrière et l'obligea à s'asseoir dans un des fauteuils. Le siège, d'un moelleux extraordinaire, s'adapta instantanément aux formes du corps de la jeune femme. De son côté, Arandayan avait fait de même avec Mardigan.

— J'espère qu'ils se remettront de ce choc, dit Blade. Je n'aurais jamais cru que...

Le Prophète l'arrêta d'un geste.

— Voilà qui te donne une idée de l'importance de la mission de Satoth. Pendant plus de deux mille ans, le culte de Kumi a rempli son office, focalisant l'attention de chaque être humain du Monde sur ce qu'il y avait de plus précieux dans l'Arche, c'est-à-dire l'astre artificiel dispensant chaleur et lumière. Et modelant les mentalités pour qu'elles oublient au fil des générations les anciens souvenirs d'une planète ouverte sur l'univers. Pourtant, aujourd'hui, tout doit être fait pour balayer ces idées et réimplanter les anciens souvenirs perdus. Sinon, lorsque l'Arche ouvrira ses portes, la folie s'emparera de ses habitants qui refuseront de monter dans les navettes destinées à les amener sur leur nouvelle planète... Et le plus grand effort jamais consenti par l'espèce humaine l'aurait été en vain !

Blade alla s'asseoir devant l'écran.

— Dommage que trois des quatre Temples de Satoth n'aient pas fonctionné. Ça va rendre la tâche très difficile.

— Oui, approuva Arandayan mais sans aucune émotion dans la voix. Pas impossible, mais les probabilités d'un échec atteignent presque soixante pour cent...

Blade réfléchit un instant.

— Sans doute un peu moins si tu faisais confiance aux esprits les plus évolués, à des gens comme Mardigan et Naïasha. Il faudrait instruire des centaines de personnes susceptibles de supporter le choc et les envoyer dans les coins les plus reculés du Monde. Le simple fait que l'idée de l'existence d'un univers ouvert ait pu être exprimée atténuerait un peu le choc psychologique.

Tout en l'écoutant, Arandayan avait pianoté à nouveau sur la console. Des colonnes de chiffres s'affichèrent sur l'écran.

— D'après le Central, si j'arrivais à envoyer mille missionnaires dans le mois qui vient, les probabilités d'échec descendraient à cinquante-deux pour cent. Pas même la moitié...

Blade allait dire quelque chose lorsqu'une migraine subite et terrible lança une attaque contre son cerveau. Il fit un effort et réussit à reprendre ses esprits. Pourtant, des gouttes de sueur perlèrent sur son front.

L'Ordinateur de la Tour de Londres s'apprêtait à le rappeler... C'était bien le moment !

Arandayan s'aperçut que quelque chose n'allait pas et s'approcha de lui avec un mouvement de sollicitude qui en disait long sur la finesse de la programmation du cyborg remis en route après plus de deux mille ans de stockage.

Soudain, Blade eut une idée folle.

Il repoussa le Prophète et alla rejoindre Naïasha.

— Promets-moi que tu seras forte le jour venu !

La jeune femme parut reprendre ses esprits et eut un sourire fatigué.

— Mais pourquoi me dis-tu ça ?

— Je pense que tu vas bientôt le comprendre, répondit Blade. Je ne suis pas près de t'oublier. Et toi, Mardigan, continue à veiller sur elle et sur Qar. Vous allez vivre les moments les plus extraordinaires de toute votre vie...

Sur ce, Blade, le cœur serré, alla s'asseoir dans le fauteuil face à la console.

— Que veux-tu faire ? questionna le cyborg.

— Comment peut-on atteindre la partie du Central responsable du non-fonctionnement des Temples ?

— Quoi ?

— Vite ! s'exclama Blade qui sentait poindre une nouvelle vague de douleur.

Le Prophète ferma les yeux dans une mimique bien humaine pour montrer qu'il réfléchissait en compulsant ses fichiers informatisés à la vitesse de la lumière. Au bout de quelques secondes, il donna les coordonnées à Blade.

Celui-ci posa l'espèce de casque à écouteurs sur sa tête et pianota sur le clavier.

La vague suivante de douleur le fit vaciller dans son fauteuil, juste après qu'il eut terminé.

— Fais-moi entrer là-dedans ! lança-t-il au cyborg.

Dans un bruit de tissu rouge, Arandayan se pencha sur le clavier.

La douleur revint, encore plus terrible. Blade ferma les yeux et quand il les rouvrit, il se rendit compte que l'image de la pièce était en train de se gondoler.

Il eut juste le temps de crier « au revoir » au Prophète avant que tout disparaisse autour de lui. Un effacement accompagné par un cri d'horreur de Naïasha.

Mais, contrairement à ce qui se passait

d'habitude, il ne se retrouva pas projeté dans le vide mathématique séparant les Dimensions X. Au contraire, il sentit son esprit capturé par une force inconnue qui l'entraîna à une vitesse inimaginable tout au long d'un dédale impressionnannt de pièces électroniques et de composants bioniques d'une complexité hallucinante.

Blade se retrouva prisonnier d'un complexe informatique gérant une planète entière !

Pourtant, l'instruction donnée par Arandayan avait fait son effet. L'esprit désincarné de Blade se retrouva soudain au cœur d'un kaléidoscope insensé. Il prit une direction déterminée et pénétra dans la masse virtuelle qui surgit devant lui.

— *C'est là,* dit une voix bien connue dans son esprit.

Blade visa les représentations en 3D qui lui semblaient déplacées dans le contexte général et se servit de son esprit pour les faire sauter une à une.

Un éclair enveloppa son esprit et le propulsa hors de l'Arche. En route pour la Tour de Londres.

Pourtant, à la dernière micro-seconde, il avait clairement entendu, une dernière fois, la voix de basse du Prophète lui dire « merci ».

Le peuple d'Elfor allait pouvoir renaître.

CHAPITRE XIX

Blade sentit son esprit chavirer tel un bateau ivre sous les assauts de la douleur. Une sensation plus que désagréable qui cessa à la seconde où il sentit les accoudoirs et le dossier du fauteuil de la cabine installée sous la Tour de Londres. Il ouvrit les yeux et poussa un soupir. Autour de lui, la grille de protection se déverrouilla du socle et commença à monter.

Comme d'habitude, J se trouvait dans le laboratoire au moment fatidique. Et comme d'habitude, Lord Leighton ne prit pas la peine de venir accueillir son cobaye, ainsi qu'il avait coutume d'appeler Blade.

— Tout va bien, Richard ? demanda J en aidant Blade à descendre de la cabine.

Blade hocha la tête. Il avait encore du mal à se remettre les idées en place. Mais après quelques pas, il se sentit mieux. J l'accompagna jusqu'au vestiaire installé dans un des rares coins libres entre les ordinateurs.

Lorsqu'il ressortit, il avait remis les vêtements qu'il portait à son arrivée. Et, surtout, il avait complètement repris ses esprits.

— J'espère que le « repêchage » ne s'est pas produit à un mauvais moment ? fit J, sachant que c'était là un des sujets de grogne favori de Blade.

— J'aurais aimé que ça se produise un peu plus tard, pour une fois, le moment étant particulièrement bien choisi...

Lord Leighton arriva enfin auprès d'eux accompagné par le bruit de moteur électrique de son fauteuil roulant.

— Je vois que tout s'est bien passé, laissa-t-il tomber, comme si Blade revenait de se faire arracher une dent. Bon, le Premier Ministre doit passer dans trois heures pour essayer de nous faire croire qu'il n'a plus un penny en caisse et j'aimerais bien pouvoir lui raconter quelque chose de consistant sur votre dernière mission.

— J'ai peur que ce soit un peu court comme délai..., fit remarquer Blade avec un soupçon d'irritation dans la voix.

Lord Leighton haussa les épaules. Vu sa maigreur, le mouvement ressembla à une sorte de portemanteau sous une veste trop ample.

— Les grandes lignes suffiront. Les politiciens ont si peu de cellules cérébrales en état de fonctionner qu'elles sont rapidement saturées...

Blade jeta un regard à J qui lui répondit par un bref hochement de la tête.

— Alors, allons-y, grommela Blade qui ne rêvait que d'une bonne pinte de Guinness. Ce serait pour après, quand il aurait raconté ses aventures, dans les moindres détails, à J et surtout à ce vieux et teigneux Lord Leighton.

Blade jeta un coup d'œil à sa montre. J était en retard. Sans doute le Premier Ministre s'était-il montré plus intéressé que d'habitude. Ou plus près de ses sous...

Ou moins pressé de retrouver son repaire de Downing Street, songea Blade avant de commander une nouvelle pinte de bière noire.

Le pub était chaud et accueillant. Ses boiseries, qui dataient de la période édouardienne, portaient la patine du temps et semblaient être imprégnées de millions de souvenirs heureux et malheureux.

Dans cette atmosphère intemporelle, la serveuse brune, jeune et belle avec son chemisier blanc et sa minijupe noire, semblait presque déplacée. Elle eut un grand sourire à l'égard de Blade avant de poser la chope sur la table. Elle se pencha ensuite plus que nécessaire pour passer un coup de chiffon, sans doute histoire de montrer que sa poitrine ne devait rien aux artifices d'un Wonderbra.

Blade la regarda s'éloigner mais la vision des longues jambes musclées de la serveuse fit revivre en lui celle du corps de Naïasha.

La jeune femme avait eu la chance de voir ce qu'aucun autre habitant du Monde ne verrait avant encore cinq ans au moins. Le nouveau soleil en direction duquel ses ancêtres étaient partis trois mille ans plus tôt pour échapper à la mort.

Comment ferait-elle pour conserver ce secret grandiose et terrible jusqu'au moment venu, personne le savait. Mais Blade avait confiance en elle. Tout comme il avait confiance dans l'avenir de l'opération menée par Satoth maintenant que les trois autres Temples étaient enfin sortis de Terre...

J apparut à ce moment-là à la porte du pub. Il aperçut Blade, fit une escale au bar pour commander sa consommation puis vint s'asseoir à la table.

A son expression, Blade vit que le Premier Ministre avait accepté de mettre une nouvelle fois la main à la poche.

C'était une bonne chose.

Pour l'Angleterre mais aussi pour des peuples encore inconnus qui verraient un jour apparaître Blade et son incorrigible habitude de se mêler de choses qui ne le regardaient pas...

Achevé d'imprimer en janvier 1995
sur les presses de l'Imprimerie Bussière
à Saint-Amand (Cher)

— N° d'imp. 135. —
Dépôt légal : janvier 1995.
Imprimé en France